U0749488

意蕊情师

徐 揖生

坡上娃子 著

浙江工商大学出版社
ZHEJIANG GONGSHANG UNIVERSITY PRESS

图书在版编目（CIP）数据

师情诗意 / 坡上娃子著. —杭州：浙江工商大学
出版社，2017.12
ISBN 978-7-5178-2383-4

Ⅰ．①师… Ⅱ．①坡… Ⅲ．①诗集－中国－当代
Ⅳ．①I227

中国版本图书馆 CIP 数据核字（2017）第 237385 号

师情诗意

坡上娃子　著

责任编辑	沈明珠
封面设计	林朦朦
责任印制	包建辉
出版发行	浙江工商大学出版社
	（杭州市教工路 198 号　邮政编码 310012）
	（E-mail:zjgsupress@163.com）
	（网址:http://www.zjgsupress.com）
	电话:0571-88904980,88831806（传真）
排　　版	杭州朝曦图文设计有限公司
印　　刷	杭州五象印务有限公司
开　　本	880mm×1230mm　1/32
印　　张	11
字　　数	242 千
版 印 次	2017 年 12 月第 1 版　2017 年 12 月第 1 次印刷
书　　号	ISBN 978-7-5178-2383-4
定　　价	36.80 元

打油诗里散发出来的精气神

　　桐乡市高级中学褚建利老师的打油诗在浙江班主任界小有名气，他将多年心血积累起来，打算出版，请我写序，出于对同行的敬业精神的敬重，写下一些感想，与褚建利学弟和读者共勉。

　　打油诗是一种富于趣味性的俚俗诗体，相传得名于中国唐代作者张打油。清代翟灏在其《通俗编·文学·打油诗》中曾引张打油《雪诗》云："江上一笼统，井上黑窟窿。黄狗身上白，白狗身上肿。"后世则称这类出语俚俗、诙谐幽默、小巧有趣的诗为"打油诗"。另外，有时作者以诗自嘲或出于自谦，也称自己的作品为打油诗。打油诗虽然不太讲究格律，也不注重对偶和平仄，但一定会是押韵的，亦通常是由五字句或七字句组成。打油诗常被用来对社会百态做出嘲弄及讥讽，也可以作为谜语。打油诗以其创作起来较易，易于被广大群众接受，便于记忆等特点在民间广为流传。

　　说到教师与打油诗的关系，我不由得想起了陶行知先生及他的打油诗。陶行知爱作打油诗。他曾对人说："打油诗是旧体诗的一种，其词句通俗诙谐,又不拘于平仄韵律,我是搞平民教育的,我觉得打油诗既能为平民所接受,又为平民所喜爱。题材来自现实生活,即兴而作,往往具有比较深刻的现实意义。"陶行知与胡适是留美时的同学。一次,胡适写了一篇题为《我们走哪条路》的文章,文中说到中国有"五个鬼",即贫穷、疾病、愚昧、贪污和扰乱,未提及当时在中国横行霸道的帝国主义这一"大鬼"。为此陶行知当即写了一首打油诗予以纠正,诗云:"明于考古,昧于知今,捉住五个小鬼,放走了一个大妖精。"以非常幽默的笔调,指出了胡适的偏颇和糊涂,同时表现出了其爱国主义精神。陶行知与著名的史学家翦伯赞是至交好友。翦爱吸香烟,而陶不吸。一日,一美国友人赠陶一支好烟,陶用纸包好后托人转赠给翦,并附上一首打油诗:"抽一支骆驼烟,变一个活神仙。写一部新历史,流传到万万年。"诗写得有趣可笑而又意味深长,表现了人民教育家陶行知对朋友的真诚坦率和寄予的厚望,是对翦的鞭策和鼓励。陶行知提倡平民教育,他自己也过着平民生活。20世纪30年代初,他曾不得不靠卖艺来补贴生活。为此他曾在杂志上登了一则《卖艺启事》,并在启事中赋打油诗一首:"狐狸有洞鸟有食,乡下先生难度日。风高谁救李逵火,武训讨饭也不易。自杀不成怕坐牢,从来不演折腰戏。众谓我曾做书呆,便教出卖书呆艺。书呆之艺卖与谁?开张岂必有生意。女生卖艺被开除,先生卖艺可遭忌?哪里管得这么多,硬着头皮试一试。"此诗明写卖艺,暗射当局,揭露了当时政治的黑暗、腐败和国民党政府不顾人民死活的社会现实,同时也反映出诗人"不为五斗米折腰",不向反动派低头,贫贱不移、威武不屈的精神。抗日战争时期,陶行知在四川合川县(今重庆市合川区)境内创办了育才学校,学生都是从战时儿童保育院送来的有各种才能的儿童。陶行知要求把他们训练成为有专业知识和技能的专门人才,同时规定老师和学生要做社会调查,参加生产劳动,把孩子们培养成为用脑又用手的劳动者。为此他写了一首打油诗:"人生两个宝,双手与大脑。用脑不用手,快要被打倒。用手不用脑,饭也吃不饱。手脑都会用,才算是开天辟地的大好佬。"此诗深入浅出,诙谐幽默地说明脑力劳动和体力劳动相互脱离的危害和二者结合的意义,从而教育学生们要做用脑又用手的新型劳动者。陶行知先生的《自力歌》:"吃自己的饭,滴自己的汗,自己的事自己干,靠人、靠天、靠祖上,都不是好汉。"《小孩不小歌》:"人人都说小孩小,谁知人小心不小。你若小看小孩子,便比小孩还要小。"《小先生》:"有个学校真奇怪,小孩自动教小孩。七十二行皆先生,先生不在学如在。"《糊涂先生》:"你这糊涂的先生! 你的教鞭下有瓦特,你的冷眼里有牛顿,你的讥笑中有爱迪生。你别忙着把他们赶跑。你可要等到坐火轮,点电灯,学微积分,才认他们是你当年的小学生。"《每事问》:"发明千千万,起点是一问。禽兽不如人,过在不会问。智者问得巧,愚者问得笨。人力胜天工,只在每事问。"《问到底》:"天地是个闷葫芦,闷葫芦里有妙理。您不问它您怕它,它一被问它怕您。您若愿意问问看,一问直须问到底。"《努力》:"努力,努力,努力向前进,努力向上进。先把脚跟儿站稳,再把方向儿认定。一步,一步地走,一步,一步地近。千万不要转身回过头,别人的闲话也不要听。前进道路崎岖不平坦,战胜困难全靠有自信。努力,努力,创造个好命运,自己的力量要尽。"《我的小怀抱》:"好也不算好,坏也不算坏。好好坏坏随人讲,心中玉一块。恩怨有偶然,毁誉多意外。翻手为云覆手雨,朋友我不卖。"这些诗都是值得教师学习的珍品。

毕业于陕西师范大学的褚建利老师带着追求教育的理想在桐乡市高级中学任教、当班主任期间开始了打油诗的创作。在工作中，他喜欢给学生制定一些班级规范等，并将这些规范总结成简单的几个字，写在黑板上，学生喜欢听，他也就喜欢写。他关注生活的细节，关注每天发生的事情，包括校园风光、与生对话、各种会议等，遇到灵感，几分钟就可完成一首。后来发生的一件事情，更坚定了他继续写打油诗的决心。一位学生家长一见面就微笑地说："褚老师，你送给我儿子的打油诗，对他起到了很大的鼓舞作用，我儿子将它装裱起来，放在自己的房间。"家长的鼓励使他信心倍增，写诗的热情更是一发而不可收。

我们教师从事的是育人的工作，很多时候，需要关注细节，正所谓润物细无声，我们的一句话，一个眼神，一个举动都可能成为鼓舞学生前进的动力，如果我们教师能将这些细节一一记录下来，写在打油诗里或者散文、札记里，互相交流，互相促进，是一件多么美好的事情啊！褚建利老师坚持的打油诗之路，实在是一条感知大自然之美的路，更是一条塑造美好心灵的路，愿越来越多的教师奔跑到这条阳关大道上来。

赵志毅

2017 年 8 月 11 日于杭州

目　录

水木明瑟

　　水木明瑟、碧瓦朱甍,南方育人以温婉细腻;鸿图华构、玉阶彤庭,北方育人以粗犷豪爽。我自北方南下,倒也见识了南北人文与自然的不同。但又恰恰是这不同令人神往。中华大地,风景万千,置身其中,谁不想过闲云野鹤般的生活?谁不想"炉烟郁郁水沉犀,木绕禅床竹绕溪"? 当然,这毕竟很难实现,我也只能于闲暇时分,携友携亲游园醉景。除了祖国的山山水水,禾城之美,于我所阅,倒也是别有一番风趣。一汪莲花池,一潭桃花水,几片棉花云,数株亭亭花,工作之余与草木做伴, 与花鸟为伍确也不失为一种雅趣。闲来作诗,陶然作乐,暂且远离喧嚣世俗,繁忙公事,共同与我走进这花鸟虫鱼世界吧!

幸福共生

2017 年 6 月 27 日

偶遇一棵幸福树，白木耳来扎根住。

营养和谐共同处，相互包容甜蜜路。

修剪长寿花

2017 年 6 月 21 日

凌乱不堪长寿花，肆意生长阳台杂。

稍作修理好潇洒，红色花朵美无瑕。

鳌江乡下风景

2017 年 6 月 18 日

村前白鹭展翅飞，远处山峰视野内。

田里野鸭戏水追，乡下风景静又美。

几朵云

2017 年 6 月 17 日

无边无际数着说，一朵两朵没几朵。

蓝天白云远飞过，仿佛置身仙境坐。

湟鱼洄游

2017 年 6 月 15 日

青海湟鱼洄游季，沙柳河水湍流急。
万条鱼儿逆游比，你追我赶未曾弃。
只为产卵拼全力，孕育生命惊又喜。
濒危物种需要你，共创未来生无息。

注：春夏之交是青海湖湟鱼的洄游期。

遇见益母草

2017 年 6 月 15 日

开车接友去高桥，路边遇见益母草。
蜜蜂蝴蝶试比高，轻轻漫步过老桥。
身边总有风景好，换个角度欣赏妙。

江南梅季

2017 年 6 月 14 日

江南的梅季

时晴时阴断断续续

江南的梅季

丝丝绵绵滴滴答答

江南的梅季

雾霭重重噼里啪啦

江南的梅季

欢庆锣鼓杨梅登场

江南的梅季

细雨蒙蒙氤氲多愁

江南的雨

2017 年 6 月 14 日

江南的雨

说来就来说走就走

江南的雨

如痴如醉如诗如画

江南的雨

滴滴答答淅淅沥沥

江南的雨

魂牵梦萦莼鲈之思

你是云山水歌

2017 年 6 月 12 日

你是一片云

虽远在天边却轻盈飘逸

你是一座山

虽不雄伟却风景迷人

你是一滴水

虽未有波澜却晶莹剔透

你是一首歌

虽热情奔放却温暖心底

遇见铁树

2017 年 6 月 11 日

体育馆前走步，遇见两棵铁树。

雄姿英发十足，简直一幅美图。

诗意鸳鸯湖

2017 年 6 月 10 日

鸳湖诗社土壤甜，你来我往聊得欢。

话题灵动无遮拦，再叹生活源自然。

鸳鸯戏水

2017 年 6 月 10 日

一汪清水草丛间，鸳鸯戏水碧波环。

十里桃花非所恋，尽君悠然做神仙。

荷花夏日浓

2017 年 5 月 28 日

荷睡荷醒迎生机，年年轮回未曾弃。

花开花落清香袭，岁岁更替为谁迷？

逐浪前行

2017 年 5 月 25 日

天空色彩似海洋，白云流动像波浪。

欲翻跟斗飞天上，悠然自在美猴王。

遇见蜗牛

2017 年 5 月 24 日

天空小雨飘落下，遇见蜗牛栏杆爬。

背上重壳是它家，永不放弃走天涯。

雨落人醒

2017 年 5 月 23 日

窗外雨滴落不停，午觉几分就已醒。

屋顶树叶秒变净，三省吾身美心灵。

雷声惊醒雨落下

2017 年 5 月 20 日

夕阳西下迎晚霞，电闪雷鸣风雨夹。

天气无常非可怕，勇往直前千里马。

为生命喝彩

2017 年 5 月 19 日

植物长在缝隙中，拼命向上风雨耸。

顽强品质当歌颂，精彩人生磨砺冲。

注：地肤（拉丁学名：Kochia scoparia），别名扫帚菜、扫帚苗。为藜科地肤属，一年生草本植物。其原产自欧洲、亚洲，在我国各省区均有分布，多生于荒野路边，为常用中药。

水培扫帚苗

2017 年 5 月 17 日

铁树下面好似草，拔掉水培细照料。

电话嘉阳爸爸告，喜知此物扫帚苗。

每日工作身边瞧，勃勃生机长势好。

生命价值不在小，唯有激情持奔跑。

河边遐想

2017 年 5 月 7 日

近处绿草葱葱漫,河水碧波映眼帘。

小鱼戏水蛙叫欢,放飞心灵坐河边。

清晨鸟鸣

2017 年 5 月 7 日

今日六点准时醒,听见小区鸟儿鸣。

轻推窗户洗耳听,展翅高飞空留影。

乡下嗨起来

2017 年 4 月 30 日

河边两人去瞎逛,偶遇橘子花正香。

樱桃树下两颗尝,蜜蜂采蜜正在忙。

添柴加火是老黄,稍不留神太过旺。

酒菜吃喝今日放,五一节日气氛爽。

柳絮飘零

2017 年 4 月 24 日

万紫千红四月天,碧水荡漾人未还。

柳絮飞舞天际间,花开富贵吉祥言。

飘 零

2017 年 4 月 17 日

一风一雨花飘零,一枝一叶总是情。

一笑一眸喜相迎,一热一冷使人惊。

樱花飞舞

2017 年 4 月 17 日

送子上学归途,遇见樱花飞舞。

雨滴打湿衣服,只为观赏驻足。

逛花木城

2017 年 4 月 13 日

万紫千红四月天,我逛花城缘因闲。

茉莉清香木花烂,长寿金雀同做伴。

濮院浪

2017 年 4 月 13 日

驾车喝茶去濮院，四楼站高望得远。

躺着按摩舒心缓，美好日子度今天。

新市古镇

2017 年 4 月 12 日

古树石路在河边，朵朵白云天际间。

历史记忆游人观，走心还需陈自然。

杨柳依依

2017 年 4 月 12 日

杨柳依依绿两旁，水中倒影也可赏。

早起人们车来往，与友相约逛操场。

小区早鸣

2017 年 4 月 11 日

春假早起买烧饼，杨柳树梢传鸟鸣。

驻足片刻看风景，远眺天空目停凝。

落叶有情

2017 年 4 月 9 日

春风徐徐叶落地，江南水乡遇见你。
叶恋树木真情意，化作春泥誓不离。

遇见蜘蛛

2017 年 4 月 8 日

自修地点有水桶，一只蜘蛛在爬动。
今日窗台又行踪，偶然随缘似捉弄。
人生遇见太匆匆，好似流星划天空。
海角天涯心电融，情真意切才会永。

山珍海味

2017 年 4 月 4 日

晚饭山珍有海味，入口味道超鲜美。
洗去内心的疲惫，开怀畅饮共举杯。

注：有些菜我只看看。

13

浪古巷

2017 年 4 月 4 日

漫步古巷闲浪，白墙青瓦民房。

浓绿相映身旁，砖雕神韵观赏。

没有喧嚣来闯，此刻这里安详。

随心所欲游逛，洗肺吸氧心亮。

登高望远

2017 年 4 月 3 日

登高望远位置佳，满眼都是油菜花。

蓝天白云阳光洒，醉人风景忘我耍。

小溪玩耍

2017 年 4 月 3 日

岳华门前一小溪，瀑布直下五六米。

四童玩水相互比，短暂停留有诗意。

映山红

2017 年 4 月 3 日

远处两株映山红，此刻荡起人心动。

跨过泥潭与草丛，连拍六张站水中。

晨　光

2017 年 4 月 3 日

窗外鸟鸣催人醒，鸡叫晨风山里净。

小溪流水任耳听，唯有此处最安宁。

错过塘栖古镇

2017 年 2 月 2 日

观完良渚去古镇，快到塘栖车拥挤。

景点桥上人纷纷，立即掉头游览弃。

节日出行到处人，错过风景的秀丽。

周围浪浪寻本真，走进历史远迷离。

北港门前樱花大道

2017 年 4 月 2 日

北港门前樱花开，市民相继观赏来。

儿子偶遇同学在，我也看见老友拍。

重点颜色有红白，精选几张圈中晒。

每朵亮眼似粉黛，脑海顿时缺词彩。

樱花烂漫

2017 年 3 月 27 日

各种花儿互争艳，怎会缺少樱翩翩。

三月阳光洒人间，相互辉映才温暖。

午游三新村

2017 年 3 月 21 日

远离家乡工作干，孤身一人单人间。

曾经此地荒芜烟，只有红房热闹添。

刚哥就在我旁边，同住偶吃有两年。

当时买房缺少钱，师傅朋友出手垫。

今日再来仔细看，醒目标语政策宣。

绿地涂鸦相连绵，杨柳依依绿河岸。

日月如梭光似箭，稍不留神事物删。

青春记忆头脑现，往日欢乐何时还。

桃红柳绿

2017 年 3 月 19 日

桃花盛开香香味，柳芽垂下青青美。

战鼓唯有天天擂，点滴进步高高飞。

夕阳余晖

2017 年 3 月 14 日

晚饭快餐我一家，回校遇见夕阳斜。

红光半边天地画，相得益彰最是恰。

午浪河西

2017 年 3 月 14 日

午饭过后抽点空,前往河西休闲弄。

油菜盛开展欣荣,引来蜜蜂勤劳动。

靠近拍照将它宠,惊得瞬间无影踪。

几株旁落挺水中,鱼儿撒娇掉头泳。

偶遇老太提着笼,几句交流却未懂。

感叹每日光阴匆,难得糊涂味无穷。

多彩世界美与共,追求天下有大同。

午间浪

2017 年 3 月 12 日

城北高楼工人建,清澈河水波潺潺。

一幢危房树做伴,油菜花开沿路看。

康泾塘水绿如蓝,水中倒影入我眼。

青春年少莫等闲,短暂驻足埋头干。

花云潮有

2017 年 3 月 12 日

花开花落在春天，云卷云舒似云烟。

潮起潮落引力现，有情有义最可恋。

好春光迎好运

2017 年 3 月 9 日

东风化雨满园春，桃红柳绿鲜花欣。

正是一年好风光，埋头苦学迎好运。

红掌依旧

2017 年 3 月 5 日

去年红掌水中培，今日红花依旧美。

剪枝修根又换水，每天修炼品五味。

郁郁葱葱

2017 年 3 月 3 日

阳光普照天地暖，绿叶回归大自然。

郁郁葱葱精神焕，坚持历练每一天。

午游芦苇丛

2017 年 2 月 28 日

春光明媚阳光照，午游河西人逍遥。

微风轻轻芦花飘，落入丛中静悄悄。

晚起风的日子

2017 年 2 月 22 日

一夜起风窗户响，远处传来门咣咣。

困眼微惺床上躺，好梦伴我逢俊庞。

又见春光

2017 年 2 月 19 日

冬日寒冷袭阳台，父亲塑料将花盖。

雨水喜迎温暖来，在下阳台轻打开。

浇透水渗嘟嘟嗨，公子姿势点点帅。

闲暇衰败清理栽，绿色荡漾乐开怀。

芽

2017 年 2 月 19 日

携子横穿小区路，看见无头好多树。

不知嫩芽何时出，二月春风万物苏。

雨　水

2017 年 2 月 18 日

一场春雨一场梦，江南春色满园蓬。

万物春色枝头争，更有春桃含苞萌。

校园遇见红果·桂花果

2017 年 2 月 5 日

路边几串红似火，桂花树上也结果。

再回校园别蹉跎，拒绝懒惰寻自我。

树舞九天

2017 年 2 月 2 日

路旁梧桐工人剪，只留树干朝向天。

爪内横过几串线，通信光纤与电缆。

形态各异萌萌感，越看越逗扬笑脸。

春天抽枝叶多片，今夏行人再遇见。

良渚博物院

2017 年 2 月 2 日

余杭良渚博物院，坐落美丽洲公园。

梅花湖水又有山，三三两两人游览。

神徽人兽有威严，造神运动持续变。

玉琮外方里面圆，寓意大地与苍天。

器类丰富雕琢湛，文化底蕴藏深涵。

马家浜文化在先，崧泽文化下承连。

良渚古城已发现，中国朝代推向前。

华夏文明世遗产，再遇惊喜揭新篇。

注：在 1979 年和 1980 年对桐乡罗家角遗址的发掘中，在第三、第四文化层中发现了 156 粒可供鉴定的炭化谷粒遗存，其中籼稻 101 粒、粳稻 55 粒，稻谷颗粒较河姆渡遗址发现的略小。

罗家角遗址

2017 年 1 月 29 日

遗址发掘四层刨，制陶工艺当时骄。

纺织技术水平高，马家浜人穿上袍。

壹伍陆粒谷物找，稻作文明距今早。

残迹测定早已考，而今只留些稻草。

儿子拍鸡追着跑，捡土扔石水上漂。

河边微风树枝摇，大地温暖阳光照。

三人漫步走石桥，败荷残茎水中漂。

历史足迹价值耀，只叹词穷最低表。

迪士尼一日游

2017 年 1 月 27 日

光轮刺激心脏瘫，无趣游荡后花园。

花车巡游坐路边，特色小矮人矿山。

梦幻体验地平线，排队八时腿发软。

迪士尼内游客满，煎熬等待精彩现。

上海迪士尼·飞跃地平线

2017 年 1 月 27 日

地平线处未翱翔，双腿发麻早已僵。

一天游玩累够呛，体验梦幻全球逛。

上海迪士尼·花车巡游

2017 年 1 月 26 日

游客早早坐两旁，翘首期盼花车往。

经典造型花服装，精彩巡演由你赏。

上海迪士尼·创极速光轮

2017 年 1 月 26 日

风驰电掣几十秒，此起彼伏疯狂叫。

红蓝黄橙玩心跳，几圈过后人已飘。

上海迪士尼·错过雷鸣山漂流

2017 年 1 月 26 日

漂流入口游客多，几人等着换票坐。

服务告知已错过，再换地方依旧火。

天空依旧蓝

2017 年 1 月 17 日

雾霾经常逛人间，抬头也会有蓝天。

冬日花朵依旧艳，生活处处靓人眼。

夜宵火锅美

2017 年 1 月 16 日

深夜归来遇火锅，门口香气使人惑。

短暂消遣享生活，开启一周忙工作。

出太阳啦

2017 年 1 月 13 日

寒冷阴雨今日阳，校园工地依旧忙。

路边花开是结香，敢问日月谁芬芳。

夜聆听雨声

2017 年 1 月 5 日

孤身一人眼蒙蒙，窗外冬雨敲窗声。

微信聊天是友朋，岁月匆匆何时逢。

爱莲池

2017 年 1 月 4 日

荷花已无擎雨盖，横七竖八东西歪。
往日生机如此衰，夏天美景怎不待。

新年期待

2017 年 1 月 2 日

沐浴温暖的阳光，坚守执着心里亮。
朵朵花儿会绽放，无论种子自何方。

元旦步行乌镇

2017 年 1 月 1 日

几人步行乌镇逛，花新草绿沿路香。
日暖乡风令人亢，美味午饭东栅旁。
团队魔力同前往，一路开聊诉衷肠。
新年首天度时光，此刻我心最荡漾。

体验心理新设备

2016 年 12 月 29 日

咨询室购新设备,姗姗邀我去体会。

海浪音乐悠扬美,调节呼吸自由吹。

模型任摆沙盘内,几个问题来相随。

心理调适缓解累,内心才会不崩溃。

中午吃面

2016 年 12 月 28 日

彩蝶飞,花儿醉,天上彩云朵朵美。

友情酿,面儿香,岁月如梭悠悠晃。

午 餐

2016 年 12 月 23 日

午餐来到菩提树,琳琅满目很丰富。

任我拿了好多素,光盘行动填饱肚。

路边随想

2016 年 12 月 18 日

白云蓝天路边等，耳边传来些许声。

人事如烟化为曾，青山依旧笑春风。

霞光万道

2016 年 12 月 17 日

霞光万道自远方，远近角度拍三张。

无石过河寻方向，唯有精准重任扛。

那……

2016 年 12 月 12 日

那朵云　忽近忽远　魅力无限

那座山　层峦叠嶂　曲折蜿蜒

那片湖　由近及远　水天一色

那棵树　树叶凋落　枝干犹在

那朵花　热烈盛开　光彩夺目

阅枫叶

2016 年 12 月 8 日

大雪节气未见雪，冬日暖阳望日落。
寰界信仰何谈错，枫叶红时阅叶火。

乌镇·南栅

2016 年 12 月 3 日

乌镇南栅度时光，游人微笑挂脸上。
一步一景赏来忙，古街由我闲游荡。

寻臭豆腐

2016 年 12 月 3 日

回忆美味臭豆腐，找遍市场白忙碌。
无可奈何步归途，抬头一望巷深处。

雨

2016 年 11 月 25 日

雨　大自然水的循环

源自云之变　给予大地的甘甜

氢二氧的变换　在山之巅

也在海洋的底端

香港·九龙公园

2016 年 11 月 23 日

参观学习偶得闲，两人随意走公园。

九龙公园依山建，绿树成荫史为鉴。

一群溪水大红鹳，更有小桥百鸟苑。

市民闲暇喜锻炼，工作愉悦健康伴。

过皇岗口岸随想

2016 年 11 月 23 日

深圳香港同片天，几座小山隔中间。

一湾河水通相连，魂牵梦绕手里牵。

去鹏城

2016 年 11 月 18 日

阳光暖暖去鹏城,水杯遗忘心里冷。

错过起飞原地等,好想变成孙大圣。

夜宿东莞

2016 年 11 月 18 日

夜晚留宿在东莞,浓妆艳抹未曾见。

黄冈新友聊天伴,天南地北好随便。

烟雨迎峰会

2016 年 11 月 14 日

烟雨蒙蒙飘江南,宛如仙境降人间。

乌镇峰会快上演,网络侠客勇者攀。

火

2016 年 11 月 10 日

火龙果红红火火,昨夜走黑灯瞎火。

重计划急如星火,愿景美骄阳似火。

晨　曦

2016 年 11 月 4 日

日出光芒千万丈，白云飘零似波浪。
塔吊总比建筑长，一览众山惜时光。

晨　烟

2016 年 11 月 3 日

晨烟袅袅似仙境，远近房屋忽暗明。
身边鸟儿交替鸣，世界喧嚣这里宁。

寒　意

2016 年 11 月 1 日

秋去冬来寒意袭，几人来得及加衣。
天空色彩惹人迷，待到春暖花开怡。

阳台花开

2016 年 10 月 30 日

睡眼蒙眬逛阳台，一抹绿色伴花开。
霞光万道洒下来，心中有梦常自揣。

遇见蚂蚱

2016 年 10 月 26 日

中午吃饭遇蚂蚱，一下两下欢蹦跶。

偶尔翻身向前爬，俯下身子靠近它。

小时经常蚂蚱抓，编着笼子拿回家。

相约好友一起耍，童年记忆似诗画。

秋　夜

2016 年 10 月 23 日

窗外风声呼啸疾，秋雨一夜似哭泣。

风雨飘摇任由戏，寻找自我心如意。

秋　忆

2016 年 10 月 21 日

一草一花都是梦，一枝一叶总是情。

一步一观全是忆，一笑一眸皆是曾。

桂花香

2016 年 10 月 21 日

八月桂花开江南，香飘千里醉人眠。
金色花瓣迷人眼，秋雨花落洒人间。

夜遇桂花

2016 年 10 月 20 日

小区夜晚悄无息，金色桂花落满地。
花落花开两分离，淡淡清香成追忆。

湖边随想

2016 年 10 月 18 日

桂花香满苏堤路，古树杨柳湖边住。
水拍岸边未停足，微风轻轻吻肌肤。

苏 堤

2016 年 10 月 18 日

远眺湖边多高楼，苏堤携手随风走。
峰会记忆心中留，最美风景任我游。

深　秋

2016 年 10 月 17 日

千树万树树叶黄,度日秋日日未央。

心想意想想何往,最美赏美美夕阳。

阿能面

2016 年 10 月 16 日

杂七杂八未忙完,间隙吃碗阿能面。

内心想说却无言,音乐缓缓传伤感。

遇野猫

2016 年 10 月 15 日

文化长廊夜幽静,许多蛐蛐使劲鸣。

蹿出夜猫让我停,部分头发根根挺。

瞬间呼吸立即屏,两步并作一步行。

一花一木总是情,生命运动喜盈盈。

肉 肉

2016 年 10 月 12 日

友人喜种多盆肉，引得学生常回头。
繁忙之余偶来凑，花花草草伴人悠。

云朵吉祥

2016 年 10 月 10 日

抬头看见几朵云，万马奔腾似千军。
吉祥飘过有乾坤，期待成功传喜讯。

落 叶

2016 年 10 月 9 日

秋风凉意身上爬，树叶随风飘落下。
重阳思念北方家，童年记忆唯有她。

桂花飘香

2016 年 10 月 7 日

八月桂花在盛开，校园桂树要移栽。

友人捡拾桂花来，放在办公室门外。

稍作修整水土摆，上下打量心循揣。

浓浓香飘可过海，淡淡清香入萦怀。

人　生

2016 年 10 月 4 日

百草可见悬崖间，花儿绽放美轮奂。

人生百态随时见，嬉笑怒骂随风散。

拨云见日

2016 年 10 月 4 日

仰望乌云头顶见，风雨欲来人未闲。

为何此时最留恋，只因向前未跑偏。

夜 行

2016 年 10 月 3 日

夜行校园没有光，似曾看见我心脏。

蛐蛐叫声伴身旁，野狗一只连续汪。

钥匙串儿不停晃，左顾右盼胆子壮。

疾步走完这段廊，骑着车子快上床。

村落花海

2016 年 10 月 1 日

马鸣村上有花海，争奇斗艳向天嗨。

生态村落民安泰，四处洋溢乐开怀。

逛马鸣村

2016 年 10 月 1 日

脚踩步云桥上飞，空气飘荡香火味。

亲水平台古树围，庙前停留缓疲惫。

短暂休憩茶馆内，老板烧水亲作陪。

格桑花海朵朵美，野滩林上蚊子喂。

徜徉马鸣洗洗肺，放飞心灵解忧累。

马鸣老茶馆

2016 年 10 月 1 日

马鸣亲近老茶馆,细瞧馆内无人见。

邻居电话老板唤,茶水泡了四茶碗。

询问多钱有几遍,始终一句不要钱。

邀请一起吃中饭,婉言谢绝找景点。

如此民风淳朴罕,让我内心起波澜。

稍作停留已流连,闲暇之余再来观。

遇　见

2016 年 9 月 29 日

风雨交加的晚上　雨点疯狂地拍打着玻璃

迷茫着内心的恐惧　似乎寻找一丝慰藉

你的善良与率真　却没有丝毫的方向

心灵世界的打开　如夜空中流星的光彩

生命中的遇见　都是上天的安排

山高路远　却找不到未来

晚村中餐

2016 年 10 月 1 日

晚村集镇吃中餐，专找特土的菜馆。
肉末茄子装满盘，酸辣土豆经典款。
川熏腊肉有点咸，爆炒螺蛳儿子欢。
酸菜黑鱼加米饭，四人肚子都爆满。

遇见蛞蝓

2016 年 9 月 30 日

早读巡查五楼遇，栏杆看到有蛞蝓。
慢慢爬行未离去，三人围观却未惧。
远眺眼前大片绿，迷雾让人产生距。
偶尔相遇都有趣，精心经营细培育。

注：南方某些地方称蜓蚰，俗称鼻涕虫。

吃葡萄

2016 年 9 月 26 日

夜阑人静吃葡萄，个个圆润长得饱。
入口舌碰水多冒，甜度让我忘喧嚣。
葡萄树种最古老，分布世界区域辽。
营养价值特别高，常食葡萄解疲劳。
水果种类真不少，走进舌尖才是妙。

偶遇小狗

2016 年 9 月 22 日

中午吃面在等候，外面跑来一小狗。

向前逗它没有走，姿态可爱将我瞅。

摇着尾巴晃着头，真想抚摸未伸手。

动物世界也有愁，人类何时正解读。

两只蟋蟀来了

2016 年 9 月 8 日

两只蟋蟀

一只跳跃着　一只安静着

两只蟋蟀

一只凝视着　一只环望着

两只蟋蟀

一只我逗着　一只观望着

两只蟋蟀

似曾与你相识　在办公之夜

蟋蟀归来

2016 年 9 月 6 日

你来到我的身边　是前天晚上

是昨天晚上　是今天晚上

你来到我的身边　在空无一人时

在我夜办公时　在夜阑人静时

你来到我的身边　那样跳跃着

那样欢快着　那样张望着

你来到我的身边　来得那么突然

来得那么自然　来得那么和谐

水调歌头·游泳

2016 年 8 月 12 日

笑声伴午睡，喊声叫我去。携带三童上路，游泳减肥肚。偶尔水仗猛打，泳池来回兼顾，今日游得虚。娃子岸边笑：累死我老夫。

铭游勇，益慢行，强追逐。管它姿势优美，浪花旁伴舞。畅想三位逗比，此刻美丽相遇，玩得似白兔。岁月流水长，美景便是福。

坡子街

2016 年 8 月 1 日

湘江边上坡子街，见证长沙历史劫。
曲折历程记载写，湖湘文化朝这瞥。
昨日晚饭临时歇，各种小吃放眼猎。
旁边大叔嘴角咧，上前询问怎会怯。
原汤牛肉带粉灭，火宫殿内使劲咥。
全国名吃有好些，任你享受自由惬。

游长沙世界之窗

2016 年 8 月 1 日

世界之窗长沙瞧，深海炼狱鬼哭嚎。
哈哈弹跳面色憔，银河探险激流漂。
星空影城海龟逃，动感太空身体飘。
牛仔街上中餐饱，飞舟冲浪丢雨帽。
新概念水世界泡，大人小孩兴致高。
有闲携子乐趣找，走遍天涯是微笑。

游洞庭湖

2016 年 7 月 31 日

古书云梦记载见，来历说法不一般。

只缘湖中洞庭山，古云洞庭盖神仙。

洞庭湖泊与江连，水质清洁湖水淡。

鱼类花样相当繁，湖区名胜有楼观。

平静湖水绿如蓝，湖到无边天是岸。

洞庭八百水波绵，五湖之首谁可攀。

环境恶化在人间，湖面缩小是每年。

杜绝源头人是键，千舟竞逐湖面焕。

登岳阳楼

2016 年 7 月 31 日

昔闻岳阳有名楼，今日拾级欢喜走。

范公诗篇犹记否，吴楚相争只为首。

远眺君山忆回眸，万马奔腾岁月悠。

而今不惑仍念头，洞庭湖水轻载舟。

观毛泽东故居

2016 年 7 月 30 日

韶山有个韶山冲，主席故居落其中。

群山环抱气势宏，绿树翠竹水稻丛。

门前池塘绿水荣，主席有空乐游泳。

健康体魄是巨龙，心怀天下有志鸿。

马列主义手里擎，黑暗中国迎光明。

游击战术高水平，击垮豺狼鬼魔影。

抗日战争显雏形，雄兵跨江分水岭。

建国初期百待兴，主席韬略民安宁。

七七小平再复出，发展经济首要务。

一国两制世界曝，南海画圈开放浮。

三个代表泽民夙，科学发展锦涛符。

习总书记腐败除，昂首阔步中国路。

观第一师范

2016 年 7 月 30 日

追寻润之求学路，来到一师停下步。

每个展区都兼顾，主席足迹遍江湖。

经历儿时的困苦，给予青年他风骨。

儿子主席桌前驻，发言举手画面浮。

站在讲台笑脸露，穿越时空不自负。

常将历史作回眸，互通伟人有与无。

观滴水洞

2016 年 7 月 30 日

滴水洞前停，来个冰棍冰。

防空洞中行，寻找历史影。

拾级虎歇坪，两只老虎迎。

儿子站上亭，打油诗即兴。

远眺绵延岭，起伏有分明。

人生需淡定，格局定输赢。

勉儿子

2016 年 7 月 30 日

褚家韶山参观毛,昱宝感受烈日烤。
宁为精彩勤奋跑,学海无涯乐到老。

观爱晚亭

2016 年 7 月 29 日

拖着疲惫的步伐,来到爱晚忆大伽。
杜牧所见不在那,只见游人围绕它。
嘴里嚼着甜麻花,高温天气脸上辣。
休息片刻继续爬,酷暑磨炼带着娃。

登岳麓山

2016 年 7 月 29 日

岳麓书院与史逢,伟人助我爬一程。
极目远眺豪气梦,人登高处我为峰。

火车站

2016 年 7 月 28 日

我可以看见

安检人员严肃的双眼

旅客输入文字的快慢与悠闲

孩子们微笑地吃着方便面

我可以听见

人们用方言聊天

电话声波的忽近忽远

也可以听见火车呼啸而过的声音

我可以想见

没有熙熙攘攘的火车站

是旅行的终端

也是美好的新起点

潜泳趣

2016 年 7 月 27 日

蛙泳技术初掌握，轻松绕池几圈过。

天天游泳想带我，泳池戏水也不落。

今日潜泳几次做，感觉美妙笑脸多。

克服心理别太懦，我潜池底向宏拓。

窗　外

2016 年 7 月 26 日

清晨　推开窗户

窗外一抹绿色　生机勃勃

马路　车来车往

早起的人们　行色匆匆

屋内　风扇隆隆

儿子吃着五芳斋　香味弥漫

而我　聚焦目光

打量着周围的鸟语花香　远眺前方

喝　茶

2016 年 7 月 21 日

夕阳西下有余晖,我送儿子围棋归。

红茶香气如玫瑰,宛如佳人身边随。

风扇声音飒飒吹,思绪万千肆意挥。

倾听心灵淡如水,烂漫生活不减退。

四 季

2016 年 7 月 17 日

我似闻见

春日桃花芬芳

夏日里荷花香得若有若无

秋日桂花香飘十里

也有冬日里梅花的淡香

我曾听见

杜鹃的布谷声

蝉知了知了地叫

蟋蟀嗝知嗝知地叫

也有乌鸦呀呀地叫

我也看见

春日的春意盎然

夏日的枝繁叶茂

秋日的果实累累

也有冬日的冰天雪地

我更可以想见　四季的轮回

大自然的多姿多彩

都是无与伦比的呈现

遭遇暴雨

2016 年 7 月 14 日

傍晚雨急要疯特，好似天空在豪歌。

暴雨如注路变河，马路下水有堵塞。

路上行人驾汽车，降低车速水中涉。

防御工作要讲策，不能停留口中舌。

提防万一不嘚瑟，团结一致保家舍。

浪凤凰湖

2016 年 7 月 11 日

建成首来凤凰湖，二挡车速环湖路。

车子停下再走步，美好风景向眼扑。

儿子湖边要诵读，内容就是桐乡赋。

昱姐旁边加点醋，士气高昂声音入。

拍照时刻装作酷，过了饭点饿着肚。

今日赏景在昏夙，短暂停留也舒服。

水木明瑟

遇见白兔

2016 年 7 月 8 日

送子乒乓去路途，遇见有人放白兔。
白兔吃草好急促，蹲下围观停下足。
小兔竟然将我忽，任我拍照也不顾。
我观此兔肉嘟嘟，肚子吃得挺鼓鼓。
身上穿着白衣服，红色眼睛向外突。
主人常带动物出，观察环境唯有目。

遇见荷花

2016 年 7 月 6 日

夏日校园绿色化，楼间池塘有荷花。
荷叶凹处水珠爬，引来蜜蜂将蜜刷。
我的脚步声音大，叶下鱼儿快速划。
荷花圣洁与高雅，六月花神雅号佳。
中国名花也有它，古往今来文人画。
我也来将荷花夸，完美伸展向天涯。

遇见向日葵

2016 年 7 月 5 日

遇见校园向日葵，立即想拍要折回。

一大一小有花蕊，阳光洒下相映辉。

微风热浪轻轻吹，慢慢摇摆如流水。

踏着思绪慢慢追，心灵交互永相随。

观《谁主沉浮》

2016 年 6 月 17 日

嘉兴剧院有演出，提前购票带儿睹。

整个剧院一回眸，唯独儿子是小卒。

谁主沉浮是题目，伟人形象刻画出。

叔衡是个黄牛犊，肝胆相照是必武。

落后中国人人奴，利益攸关千万户。

主席引领开辟路，解放中国世界服。

缅怀英烈心中住，吾辈坚持信仰赴。

兰　花

2016 年 5 月 14 日

教室角落兰花开，香气四溢散开来。

兰竹菊梅四品牌，祖国名花扬四海。

独具四清特别拽，高洁清雅形象在。

芬馥奇特花冠戴，古人赞曰一国盖。

女子与兰有脉脉，兰客相约乐开怀。

采　蜜

2016 年 5 月 10 日

邂逅花朵有一蜜，弯着头儿在猛吸。

日复一日乐不疲，飞行路程超距离。

奉献精神谈何易，令我感动不可议。

服务他人最美丽，何时身边有个你。

映山红

2016 年 4 月 23 日

瞥见窗外映山红，一片怒放欣向荣。

暖暖阳光挂天空，地上花儿在聚拢。

每天工作忙又匆，偶尔大脑要放空。

自然万象不会重，茫茫宇宙终归同。

文　竹

2016 年 4 月 21 日

喜欢植物有文竹，长势喜人却很疏。

新发两芽像根柱，一芽猛进似独舞。

工作之余一回眸，减轻压力心会舒。

语言灵气有植物，期盼文竹似常住。

注：常住在此处是佛教用语。

江南的雨

2016 年 4 月 20 日

江南的雨

有时候很急　有时候缓缓而来

有时候短暂　有时候停留很多天

江南的雨

有春雨的潇潇　夏雨的滂沱

也有秋雨的连绵　冬雨的刺骨

江南的雨　细细绵绵

朦朦胧胧　潇潇洒洒

江南的雨　似雾似烟

似幻似梦　如诗如画

观鱼儿

2016 年 4 月 18 日

会后池塘去赏鱼，池塘里面有小鱼。
许多鱼儿成团簇，零星几条在耍酷。
有些鱼儿肚鼓鼓，游动起来也不输。
自由迈入千万户，平凡日子如白兔。

遇蜈蚣

2016 年 4 月 12 日

春假首日脚步匆，连廊地面见蜈蚣。
俯身观来却未动，我的毛孔有点悚。
无法判断是雌公，只因知识缺乏中。
蜈蚣又名百脚虫，有些头和尾巴红。
我跺脚来把它轰，它却慵懒不会匆。
本草纲目曰蜈蚣，疑难杂症有奇功。
爱护动物不要恐，人与自然何须弄？

春假寻乐

2016 年 4 月 11 日

首次选考特别累,从早到晚学到黑。
考完学子自由飞,春假一周开心随。
娃子午觉睡个美,谁也别将电话给。
家人朋友一起陪,生活品质不减退。

咏含笑

2016 年 4 月 10 日

清明假日巡校园,美丽花草随时见。
含笑花香不一般,令我驻足仔细看。
矜持含蓄那花瓣,宛如美人笑不言。
株株植物有笑脸,探寻亮点尽欢颜。

天空飘着柳絮

2016 年 4 月 9 日

天空飘着许多柳絮

随风飘落下来

有的落在了河边的小路上

有的抱团成球散落在地上

有的穿过窗户落在了我的眼前

也有的落在了我的肩上

落在了我的心里

当我来回穿梭于阅览室与科技楼

每次都与你相遇

你是那样的洁白

你是那样的轻盈

你是那样的自由

我要为你歌唱

我要为你写诗

我要加倍赞美你

美丽的柳絮

春天的脚步

万象的更新

生命的精彩

在那每一次的精彩相遇

春　雷

2016 年 4 月 6 日

睡梦惊醒是春雷，隆隆声中雨水给。

与子言欢妻子催，上班途中春雨随。

远眺天空有点灰，近看校园美轮回。

千变万化景色醉，人与自然有花蕊。

浪博物馆

2016 年 4 月 5 日

偶得假期实在嫽，携妻带子上海到。

自然世界真奇妙，各种恐龙随便找。

儿子笑我知晓少，顿感内心在发毛。

生命足迹好玄妙，放眼宇宙人渺渺。

女友微信一知晓，马上乘坐高铁跑。

中午餐厅人太闹，围着餐桌迟落脚。

展厅影厅反复跑，身边游人也喧嚣。

此时童言真太早，未来相伴才是好。

注：嫽是陕西话，关中地区很是流行，代指好得很、好极了、非常好。

59

咏植物

2016 年 4 月 1 日

课后瞥见几植物，它们砖头缝里住。

仔细观看未见土，活力生长没有卒。

种子何时来此处，萌芽生长不曾屈。

时光流逝一回眸，生命顽强谁人阻？

咏君子兰

2016 年 3 月 30 日

君子恰逢花朵开，我向好友圈中晒。

叶片威武真不赖，丰满花容真想采。

六朵寓意好运来，还有一朵花苞在。

君子高贵有气派，灵魂深处不淹埋。

芽 趣

2016 年 3 月 25 日

跑操归来望旮旯，围观植物发新芽。

生机勃勃美如画，美得不要不要夸。

岁岁轮回春日发，秋天叶子要去哪？

天天运动都不落，追慕美好笑嘎嘎。

诗 趣

2016 年 3 月 21 日

将近不惑学写诗，闲暇赋得几行字。
美好瞬间常寻觅，激扬文字正当时。

花 趣

2016 年 3 月 18 日

杭州兄弟来交流，陪同一起校园游。
各种花儿处处有，欣赏驻足拍不够。
争奇斗艳喜盈盈，含苞未放圆溜溜。
不识美景真面目，只缘身在校园中。

浪 趣

2016 年 3 月 12 日

与子相约浪濮院，步行前往不算短。
沿途春意有点炫，疾风促儿发型乱。
三童兴奋到处窜，笑声身边时时传。
兄弟饭菜心儿暖，恰似春风涌心泉。

水木明瑟

春 趣

2016 年 3 月 5 日

每周唯有此时悠,携带家人乡下游。

河边散步漫步走,偶遇老太提菜篓。

友人烧菜我来候,顺便蔬菜拍个头。

春天美景快来凑,悄无声息不回眸。

亲情友情常交流,天长地久怎会够?

冰 趣

2016 年 2 月 12 日

蚂蚁水库滑道宽,组团前往继续玩。

样样设施爽个遍,唯有冲浪最留恋。

远望公子玩个欢,美女助儿心里暖。

额大龙舟敲鼓炫,童心未泯处处见。

春节东丰滑冰炫,有趣日子随时现。

注:"额大"是陕西话,意为"我爸爸"。

爬南山

2016 年 2 月 8 日

新年伊始爬南山，兄弟两人嗨翻天。

南山不高无神仙，却到山顶日光现。

下山道路有点颤，姥姥奶奶我来搀。

儿子孝心不一般，我要为他点个赞。

影　趣

2016 年 1 月 21 日

雪花纷纷天未晴，散落大地不曾凝。

与子相约观电影，步行匆匆不敢停。

影院场地很安静，今日电影是好评。

他人选择不求行，美好生活我来擎。

雪　趣

2016 年 1 月 21 日

天降大雪来人间，几人玩雪嗨翻天。

二次换衣不间断，红领雪人顿时现。

配上二杠是经典，雪人眼睛却未现。

家人呼归几回环，唯有雪仗留心间。

时令悦吟

　　时光的河入海流，而节日就像是打在时光长河上的一个个结。这一个个结是先祖留下的痕迹，承载着我们遥远的回忆。捧一束艾草，抑或漫步清明雨下，抑或观圆月高悬，都仿佛和先祖一起呼吸。春发夏长，秋收冬藏，四季轮回，人也有所变化。在传统节气的指引下，我们依照自然的法则生活，在天与人之间找一条和谐的道路。我们生在自然，当然要尊重自然。洋节，是我们生活的另一种染料：古老的文明需要新的色彩，却不能被肆意涂鸦。拾一两个满载异域风情的节日，不乏乐趣，也为繁忙的工作日增光添彩。最终，每一个日子都会变得与众不同。在每一个与众不同的日子里，给自己酿一首诗，记一件事，印出一段时光，刻下一丝回忆，收获一份真情。

小　满

2017 年 5 月 21 日

今日节气是小满,朋友圈中晒得满。

万事怎可遇完满,恭祝大家喜乐满。

清　明

2017 年 4 月 4 日

清明时节见升烟,陌上行人打了蔫。

逝去亲魂天堂远,寄思怀念烧纸钱。

春　分

2017 年 3 月 20 日

李白桃红相映荣,一群燕子路途中。

满园碧翠芬芳溢,最是江南春意浓。

惊　蛰

2017 年 3 月 5 日

惊蛰未闻雷声响,春暖花开却始长。

绿树杨柳依河旁,手捧苹果悠遐想。

注:苹果指手机。

67

立 春

2017 年 2 月 3 日

春回大地万物晓,鸟语花香上树梢。

江河冰水复波涛,一年计划要趁早。

冬 至

2016 年 12 月 21 日

周公土圭始测影,洛阳天下居中定。

宗庙社稷蔚然兴,冬至岁首来相迎。

节气唐宋在盛行,源远流长到如今。

生命活动远离静,科学养生合理清。

北方饺子念仲景,江南赤豆防灾病。

祭天祭祖拜神灵,跨越时空吉日庆。

大 雪

2016 年 12 月 7 日

古言大雪降水多,覆盖范围及全国。

南方腊肉入了锅,千家万户有咸货。

北方雪花飞舞落,河面滑冰豪洒脱。

漫天银色家人坐,温补助阳好快活。

小 雪

2016 年 11 月 22 日

西伯利亚呈低压，寒冷空气移南下。
雨落寒气凝成霰，今日小雪登万家。
东北雪来好几茬，江南水乡小雨达。
天气阴冷瞬眼眨，晦暗光照冷风刮。
气温骤降心里麻，抑郁症状易引发。
补品调节阴阳阀，人参补气作用大。
北方羊肉口中化，南方十月吃糍粑。
一片飞来白眉侠，随风飘舞走天涯。

立 冬

2016 年 11 月 7 日

周代天子亲迎冬，三公九卿来随从。
万物晾晒收藏中，动物休眠睡蒙眬。
秋收播种抓紧弄，自然危害别放松。
小麦三层被子宠，来年馒头锅里充。
北方饺子入口中，南方吃鸡单人容。
人类趋向休活动，环境各异补不同。
寒风乍起来势汹，植物叶子飘天空。
及时添衣预防冻，温暖阳光最火红。

注：单人容指一个人可
以吃掉一只鸡。

69

霜　降

2016 年 10 月 23 日

秋季末尾是霜降，露水凝结变成霜。

古代霜降三候长，先陈再食是豺狼。

千树万树一夜黄，唯有芙蓉独芬芳。

北方大葱生长藏，南方三秋季节忙。

一夜孤霜来年荒，多夜霜足来年旺。

养生中医淡补棒，性味归经调阴阳。

老病坚持询医帮，注意自身多保养。

冬季寒冷将登场，坚持运动身体强。

寒　露

2016 年 10 月 8 日

寒露第十七节气，秋季正式才开始。

气温白露此时低，地面露水将要凝。

南岭往北进秋季，东北迈入深秋里。

西北冬季将要临，心宿二星西沉已。

北方小麦快种植，玉米田地收果实。

畜禽生产发病易，预防接种且勿迟。

养气润燥柿与梨，平衡五味忌偏食。

季节更替少单衣，起居规律莫大意。

气候锻炼十分宜，运动项目因人异。

萧索之秋易犯眯，保持微笑缓解疲。

秋　分

2016 年 9 月 22 日

秋风轻舞迎秋分，白黑平均古人斟。

立秋秋季开始伸，霜降秋季了无痕。

古代帝王祭月神，民间习俗各异深。

华北小麦播种狠，江南收割晚稻跟。

秋收耕种需认真，牲畜配种机莫沉。

天气干燥注意身，切记传染病来吻。

阳澄螃蟹市场珍，舌尖美味吃货奔。

随意写下油诗文，姑且分享天下人。

夏　至

2016 年 6 月 21 日

今日夏至已来临，热浪席卷桐人民。

土圭说法有阳阴，廿四节气最早今。

太阳最高肌肤亲，白昼日后要缩进。

对流天气来得勤，高温桑拿暴雨淋。

水分流失当多饮，苦味食物调身心。

气候炎热人易辛，心向阳光有甜馨。

谷　雨

2016 年 4 月 19 日

今天节气是谷雨，源于雨生有百谷。

节气来历有典故，仓颉造字不虚无。

江南地区农作物，农事掩瓜和点豆。

北方庭院蔬菜堵，花生萝卜有扁豆。

南方摘茶是习俗，北方香椿有润肤。

来临之后天气暖，空气将要加湿度。

个人偶发神经痛，养生需要食谱助。

节气变化是匆促，朋友别忘换衣服。

古老经验是师傅，人人遵循不会输。

端　午

2017 年 5 月 30 日

忽闻粽子飘清香，龙舟竞渡锣鼓爽。

把酒共饮情意长，恭祝好友永安康。

又逢端午

2017 年 5 月 30 日

端午佳节粽子胖，龙舟竞渡过端阳。

家家挂艾又戴香，传统文化源远昌。

五四青春飞扬

2017 年 5 月 4 日

青春活力散光芒，披荆斩棘怀梦想。

错过奋斗好时光，老来回眸添忧伤。

元宵佳节

2017 年 2 月 11 日

元宵佳节人欢笑，观灯赏景猜谜找。

童年记忆家里闹，身在江南乡音绕。

元宵节

2017 年 2 月 11 日

元宵佳节倍思亲，父母姐妹还有宾。

桐乡廿载有知邻，月亮遥送我口信。

注：弟弟名字第二个字为宾。

小　年

2017 年 1 月 20 日

小年日子寒冷到，空中荡漾寒风飘。

历经十年寒窗跑，鱼跃龙门寒门耀。

元旦安好

2017 年 1 月 1 日

步行乌镇身体爽,阳台喝茶走心房。

晚上乡下醉迷茫,生活驻足喜品尝。

重　阳

2016 年 10 月 9 日

九九重九节重阳,传统四大祭祖旺。

始于战国帝宫忙,唐代沿袭源流长。

聚会饮酒作乐爽,赏菊赋诗成时尚。

相约好友登高望,佩戴茱萸求吉祥。

尊老敬老礼仪邦,爱老助老不可忘。

父母健在常带浪,无须离开话忧伤。

重阳变迁历沧桑,亘古不变核心藏。

人生征程不迷茫,珍惜当下好时光。

中　秋

2016 年 9 月 15 日

中秋节日历史种，始于唐朝盛于宋。
古代帝王祭祀隆，农民丰收也庆功。
走亲访友月饼送，佳人赏月夜晚中。
桂花树下香气浓，灯谜竞猜乐无穷。
后羿妻子感情重，遥望嫦娥在月宫。
节日亲朋围桌众，感情交流有互通。
千家万户乐融融，怀旧思念头上涌。
传统节日要谦恭，中华文明才高耸。

行香子·七夕

2016 年 8 月 9 日

夏季热歌，看管小童。七夕日朋友圈红。天际之间，方式非同。纵信息来，红包去，偶尔萌。

鹊桥泪洒，远远相看。不能相见却思念。牛郎织女，伤是心懂。如云朵聚，云朵散，云朵逢。

七 夕

2016 年 8 月 9 日

七月初七是七夕，始于汉朝的游戏。

妇女庭院织女乞，自然敬畏有心理。

魁星崇拜有痕迹，数字同音七与妻。

牛织传说有来历，中国情人今日喜。

常送鲜花是美丽，发送红包炫情意。

没有礼物勿生气，不是心中没有你。

各种表达不可比，无为人生才是利。

建军节

2016 年 8 月 1 日

军队似昆仑，和平大国囤。

航母编队群，指日周边巡。

做好防御盾，铸就铁血魂。

土地有一寸，价值金万吨。

豺狼若入侵，亮剑让它滚。

东方有祥云，光耀我三军。

又是端午

2016 年 6 月 9 日

今天节日是端午，源远流长可追逐。

最初崇拜是龙图，后因屈原跳江著。

春节清明中秋俗，汉族四大节日独。

竞划龙舟吉利图，端午插艾招百福。

舌尖中国有纪录，嘉兴粽子耀五洲。

民俗活动多样舞，名家诗词缅怀古。

谚语琳琅又满目，历史传承不能输。

朋友圈中送祝福，穿越历史常回眸。

世界无烟日

2017 年 5 月 31 日

一根香烟裹嘴中，反复吸吐雾朦胧。

尼古丁入肺枯荣，少抽不抽见彩虹。

母亲节

2017 年 5 月 14 日

历经十月艰难孕，给予生命乳汁醇。

时常惦记儿女群，何以报答心念顺。

读书日

2017 年 4 月 23 日

书中自有黄金屋,内心丰盈拨迷雾。

开卷品赏颜如玉,增添魅力无穷路。

愚人节

2017 年 4 月 1 日

桃花笑我穷嘚瑟,我笑桃花没有歌。

世间行走会有舍,走行世间图个乐。

春暖花开

2017 年 3 月 8 日

三月春风吹江南,柳芽青青草色暖。

儿童竞逐放纸鸢,香裙女王降人间。

注:祝福天下女王们三八妇女节快乐!

79

平安夜

2016 年 12 月 24 日

刷刷微信朋友圈，许多好友晒圣诞。

上帝威严耶稣唤，找寻母亲降人间。

东西文化交流泛，不同领域交织缠。

反对支持两为难，正确引导入心坎。

切记上纲又上线，传统文化引领宣。

读书日

2016 年 4 月 23 日

为何今天读书日，莎士比亚主因是。

小时看书来困意，假日看书骗自己。

儿子阅读很着迷，经典人文与科技。

书中知识忒美丽，恋上书籍可有你。

经常博览展魅力，茁壮成长谁可敌。

体坛拾贝

　　奥林匹克运动会的发起人顾拜旦曾说过："奥运会重要的不是胜利而是参与,生活的本质不是索取而是奋斗。体育的魅力在于激情的绽放,比赛只是为激发出一种鼓舞人奋发进取的精神,不断超越,勇攀高峰,推动人类走向极致,走向更高的顶端,输赢也只是一种验证的方式。赢,能鼓舞人前进的信心和决心,输,更能让人看清差距,激励人的斗志。"胜利固然可喜,但是失败更能予人斗志。恰若中国足球,今时成绩确实不值得赞扬,但我们中华民族是不服输的民族,当年中印羽球争霸,如今中国一家独大;往昔日韩围棋垄断,当下中国奋勇直追。中国人从不甘屈于人后,国足当然也会成长。另外,中国的传统优势项目如跳水、乒乓球日新月盛,体坛霸主位置难以撼动。在其中拾贝,定能有所收获!

叙利亚与中国世预赛

2017 年 6 月 13 日

开场不久失了点，喜力啤酒开了罐。

郜林射门角度钻，绝地反击锣鼓喧。

里皮换人大师范，吴曦进球至鹏传。

重视青少体系建，中国之队才走远。

恭喜勇士夺冠

2017 年 6 月 13 日

骑士老大詹姆斯，扛队去年惊逆袭。

年华老去终有时，英雄白头催人急。

勇士今年四比一，杜兰特猛加库里。

青春年少不泄气，登巅时刻消质疑。

错过欧冠

2017 年 6 月 4 日

最近重要事情干，凌晨睡梦错欧冠。

起床视频回放点，C 罗扛队已夺冠。

尤文决赛五输连，布冯三次远离冠。

人生何处无遗憾，坚持到底足是冠。

苏杯国羽憾负韩国

2017 年 5 月 28 日

压轴大战狭路逢，中韩两国冠军争。

女队表现彻底崩，对手苏杯拱手捧。

队伍教练更替疼，兵家常事有败胜，

破釜沉舟多献能，卧薪尝胆定圆梦。

看球独酌

2017 年 5 月 8 日

值班归来白菜拌，几瓶啤酒嘴里灌。

英超比赛是曼联，深夜看球属罕见。

有　趣

2017 年 4 月 12 日

梅西 C 罗风采奕，球场奔袭着人迷。

此图搞笑有情趣，看过之后我已喜。

贺布克七十分

2017 年 3 月 25 日

太阳小将七十分,NBA 历史共六位。

临近结束分数喷,教练队员相互陪。

科比八一化为尘,数次纪录灰烬飞。

历史车轮向前奔,青春总会赢金杯。

国足长沙征战胜利

2017 年 3 月 23 日

中韩大战来长沙,亲临督战蔡振华。

为此党校他请假,领导球迷助威杀。

里皮指挥是大侠,球员比赛激情洒。

十二强赛不能落,继续前行悬念打。

贺姚明当选篮协主席

2017 年 2 月 23 日

九届篮协表决过,恭贺姚明主席坐。

三大问题使劲戳,大力推进改变弱。

球迷观战少粗说,联赛发展必定火。

尚方宝剑手中握,意气风发金牌夺。

CBA 广厦主场

2017 年 1 月 14 日

美好夜晚让人醉，时间短暂将我催。

纵使时光如流水，叫人思念不想回。

举重冠军药检阳性

2017 年 1 月 13 日

三位队员药检阳，金牌剥夺勿商量。

坚决打击深入墙，纯洁体育五环光。

国家队主帅里皮

2016 年 10 月 28 日

国足比赛让人气，主帅洪波主动离。

高层邀约来里皮，中国足球利大弊。

带领恒大几季赛，屡次指挥显神奇。

恒大支付有一笔，一年薪水是个谜。

急需因人来制宜，球迷围观切勿急。

无须幻想俄罗斯，首要任务怎么踢。

球员赛场拼全力，注重训练苦练技。

十二强赛不言弃，带领国足扬反击。

国足平卡塔尔

2016 年 11 月 15 日

银狐眼光特独到，短暂调教出实效。

临时指挥有妙药，两次中柱门外绕。

精神面貌情绪高，充满能量呼应跑。

国足步入正轨道，球队赢球是迟早。

里皮首秀

2016 年 11 月 15 日

魔鬼主场在高原，首秀面临生死战。

里皮运筹调兵遣，恒大五将来领衔。

榜尾相争目标攥，摆脱垫底求一线。

主场取胜切翻船，球迷脸上有笑脸。

恒大六冠

2016 年 10 月 24 日

里皮出现欢呼叫,现场气氛掀高潮。

中超有了新王朝,广州恒大成绩骄。

资本涌现多土豪,金元攻势卷中超。

联赛冠军恒大笑,只因磨合默契高。

中国足球何时爆,夯实青训基础搞。

欲戴皇冠承重挑,吹响胜利的号角。

足球场随想

2016 年 9 月 23 日

头顶白云是朵朵,足球飞速头顶过。

与生跑圈几圈多,人生此处最是火。

世界杯预选赛

2016 年 9 月 1 日

亚洲预选今出战,赛场对手就是韩。

郑智乌龙阵脚乱,三球落后悬崖边。

改变来自赵明剑,登场中国气势攀。

于海爆射霸气闪,俊闵任意死角钻。

虽败犹荣血气贯,期待主场再翻盘。

赞朱婷

2017 年 8 月 24 日

女排主攻有朱婷，人称高妹是别名。

出身农民的家庭，身披二号少年英。

扣球点高反应灵，超级球星响世青。

二十五分里约惊，霸气扛队作引领。

价值球员女排鼎，美好前程多自省。

奥运闭幕

2016 年 8 月 22 日

梦雪打响夺首金，女排精神全国吟。

园慧表情小清新，改变认识体育林。

田径突破显欣欣，金牌创低少杂音。

丁宁旗手威风凛，里约圣火此刻泯。

参与运动全力拼，享受参与要走心。

贺女排夺冠

2016 年 8 月 21 日

决赛首局处不利，二局拿下甜蜜蜜。

三局领先打出气，四局首分是若琪。

两队交战势均敌，关键时刻有心理。

出战里约创奇迹，决战冠军载历史。

女排姑娘好魅力，此刻我已爱上你。

篮球整风争朝夕，虚心接受姚明议。

足球领域要开辟，基础建设需常提。

经常练兵建体系，大国三球谁可欺。

颂女排精神

2016 年 8 月 20 日

大球中国特别怂，只有女排值得颂。

郎平榔头曾主攻，排球名人入堂中。

冯坤二传快变弄，雅典冠军势恢宏。

汤淼前妻周苏红，接应二传炮炮送。

副攻蕊蕊高度冲，玻璃美人让人痛。

一梅火力似飞龙，世界杯赛奖牌铜。

秋月主力年少童，防守顽强发球凶。

主攻朱婷里约雄，接连得分场面控。

若琪暴扣惊苍穹，霸气女队拥抱拢。

盘点女排队员众，时代烙印球迷懂。

决战赛场继续轰，女排浪花向前涌。

里约女排半决赛

2016 年 8 月 19 日

首局中国拔头筹，气吞山河霸气走。

郎平临场指挥周，主攻得分朱婷有。

关键时刻若琪扣，观众看着心里抖。

教练队员相互搂，微笑泪水此刻柔。

女排精神适时吼，坚毅韧性向宇宙。

决赛将遇曾对手，打出风格国歌奏。

十米跳台冠军

2016 年 8 月 19 日

决赛雅杰与任茜，中国二人双保险。

雅杰来自咱西安，单人曾经夺一冠。

任茜四川都江堰，零一少女稳定翻。

精彩比赛有瞬间，跳水金银怀中揽。

贺易建联签约湖人

2016 年 8 月 17 日

欣闻阿联返美国，签约湖人是对错。

曾经征战异乡过，几经起伏却未火。

国内联赛超洒脱，杭州合影仰视说。

里约奥运大牌若，湖人橄榄向他落。

年薪一点都不多，家人团聚爱心锁。

再去打球非蹉跎，完美表现立足做。

观奥运金牌榜有感

2016 年 8 月 16 日

连日稳二金牌榜，稍有滑落心沮丧。

奖牌为何明显降，理由可有一箩筐。

伦敦奥运曾辉煌，隔三岔五心跳墙。

缘由无须盯不放，观念改变自光芒。

里约科龙大战

2016 年 8 月 12 日

红衣帅哥是马龙，连赢三局开门红。

对拉僵持精彩浓，场边观众掌声聋。

整个过程马龙控，继科打得很被动。

直落四局赢得松，国球乒乓里约雄。

观女单决赛

2016 年 8 月 11 日

晓霞轻松将她炼，四局九分好可怜。

丁宁受到小纠缠，挥师决赛未有险。

奥运女单我内战，心中天平向谁偏。

两位选手各一半，谁能洪荒便夺冠。

横拍晓霞住济南，至今已有十八冠。

丁宁快攻善易变，正手反拉第三板。

与子手机决赛看，乒乓女侠技术炫。

决赛过程有看点，再获一金不自满。

比赛过程有悬念，一度晓霞很凶悍。

丁宁坚持没有瘫，继续前行往顶攀。

比赛采访泪上脸，率真性格我喜欢。

体育魅力星光灿，享受过程就是甜。

贺石智勇

2016 年 8 月 10 日

央视主持是张斌，智勇请去当嘉宾。

忆起比赛若是临，整个过程有血拼。

旭刚指导给信心，轻获举重第三金。

中国该项出清新，霸气占领此处林。

贺孙扬200米自由泳夺冠

2016 年 8 月 9 日

与子吃面错过看，孙杨游泳已夺冠。

回看视频心胆战，整个过程很圆满。

霍顿小子你没胆，言论不适应道歉。

岂能夺冠口无拦，继续声讨不会完。

人生得势要有范，心怀大爱纳百川。

表情包

2016 年 8 月 8 日

最近流行表情包，网络微信随便找。

开幕精彩乐成宝，霍顿混蛋惹人闹。

今日园慧超搞笑，眼神表情都吓尿。

真情流露远尘嚣，亮出自我仰天笑。

奥运首金

2016 年 8 月 6 日

射击诞生奥运金，冠军面孔直呼新。
思玲领先迷失敏，卫冕之战铜牌拎。
杜丽重压追得紧，雅典冠军夺了银。
二位老将十分拼，笑看奖牌过程吟。

巴西奥运会开幕

2016 年 8 月 6 日

巴西奥运在里约，各种负面在此略。
学生今日开了学，观看开幕与我绝。
传统强项将他虐，奖牌优势勿下雪。
精彩过程用心阅，放飞心情观赏悦。

观足协杯

2016 年 7 月 26 日

闲来观看足协杯，国安恒大两对垒。
大宝爆射力量沛，保利尼奥压后卫。
郜林抽射国安泪，一指向天球场飞。
晋级四强扬队威，剑指冠军好滋味。

魅力乒乓球

2016 年 6 月 30 日

桐乡碧水和柳莺,开办乒乓高端行。
我为他们点五星,只因教练有水平。
平时训练计划定,组织活动常练兵。
男孩乒乓会聪明,女孩练习美心灵。
运动魅力在无形,坚持乒乓好风景。
平凡人生如何赢,就需身体练得硬。

注:张国靖先生开办了碧水云天乒乓球俱乐部和柳莺乒乓球俱乐部。

周琦被火箭选中

2016 年 6 月 24 日

姚明合作有麦迪,周琦选秀可有戏。
今日选秀球迷急,期待有队能选你。
火箭首轮选周琦,喜闻结果笑嘻嘻。
征战联赛如何立?还需努力传消息。
我要给你出主意,多向姚明学点习。
强壮身体不单匹,固化投篮提高技。
开始征战板凳替,等待时机再出击。
好好努力别放弃,向着前辈要看齐。

贺骑士冠军

2016 年 6 月 20 日

决赛四战勇士顺，领先之后打了盹。

收尾库里有点昏，骑士惊险夺冠军。

抢七大战看着晕，二十三号是队魂。

詹皇赛场盖帽抢，胶着时刻欧文准。

比赛结束詹皇蹲，热泪盈眶显单纯。

誓言为队带一樽，今日球场扭乾坤。

打破纪录有一堆，历史记忆如酒醇。

失落低潮如浮云，敢梦敢做恒瞄准。

土耳其 VS 克罗地亚

2016 年 6 月 12 日

夜半回家看球赛，想约好友却未来。

老爸凉拌有白菜，雪花相伴爽歪歪。

两队拼得特厉害，球员流血缠布纱。

莫德里奇精准带，中场指挥有气派。

土耳其队被人踩，克罗地亚继续嗨。

贺张玉宁

2016 年 6 月 4 日

中国球队士气鼓，热身比赛赢球舒。

姜宁进球特神速，人天最后一球入。

玉宁首秀梅二度，十九少年亮前途。

十二强赛全力赴，世界杯赛展铁骨。

注：人天指泰达队的胡人天；玉宁指张玉宁，曾效力于荷甲维特斯队，现租借德甲不来梅。

勇士进决赛

2016 年 5 月 31 日

决赛开始一比三，感觉勇士梦要断。

抢七大战星光闪，实现赢球大逆转。

阿杜此时很孤单，库里逆天汤神伴。

期待他与詹皇战，谁是第一不久显。

欧冠与 NBA

2016 年 5 月 29 日

周末困意睡眼朦，观看欧冠在四更。

最近五次有交锋，马竞反而占上风。

加时也没分胜负，点球大战 C 罗骋。

十一冠军登顶峰，放眼世界谁与争？

上午继续观篮球，雷霆勇士谁将留。

精彩比赛水花牛，回到主场不罢休。

曾经以前看球疯，偶尔通宵看一宿。

运动魅力展清遒，风霜雪雨搏激流。

贺上港

2016 年 5 月 25 日

亚冠赛场恒大伤，昨晚征战有上港。

门将扑球单腿挡，精彩绝杀有球王。

期待今晚鲁能亮，创造历史进八强。

中国球员挺胸膛，继续领跑射手榜。

贺西甲

2016 年 5 月 5 日

大圣归来死角打，欧冠决赛有皇马。

其他联赛全部趴，统治全欧是西甲。

决战期待 C 罗滑，踩着马竞冠军拿。

中国球员何时加，欧洲赛场意气发。

小丁世锦赛(一)

2016 年 5 月 2 日

晚上闲来看比赛，只因小丁他还在。

神童开局有点菜，伯爵攻势很气派。

一路杀敌没有败，为何此时在发呆。

谁有兴趣结果猜？请在评论把分晒。

小丁世锦赛(二)

2016 年 5 月 3 日

凌晨起来看赛果，心情有点小失落。

一路杀敌破百多，亚洲纪录已突破。

明年比赛别犯错，长台进攻不要懦。

期待冠军有一撮，我再给你把诗作。

贺大四喜

2016 年 4 月 25 日

连续两场大四喜,如此逆天的数据。
梅西连续七赛季,你让 C 罗很捉急。
五大联赛谁第一?苏牙金球将有戏。
欧洲战火会继续,球场也会见情义。

送科比

2016 年 4 月 14 日

今日科比告别战,我与母亲来围观。
湖人效力二十年,个人荣誉有五冠。
两分三分随便砍,历史得分是第三。
篮球技艺特全面,个人数据很耀眼。
收官之战特圆满,球迷欣赏好留恋。
此刻与你说再见,我的内心有些乱。
望眼世界的篮坛,伟大球星起波澜。
历史车轮永向前,篮球少年谁可拦?

贺姚明

2016 年 3 月 31 日

姚明入选名人堂,举国粉丝顿时狂。

九个赛季不算长,取得成就满当当。

若非伤病出状况,成就简直一箩筐。

移动长城可观赏,关键时刻现智商。

咏国足

2016 年 3 月 30 日

佩兰带队犯了错,招来下课这一祸。

洪波接手未退缩,奋起直追不懦弱。

两粒进球岂是多,晋级十二才是阔。

继续前行积分夺,十二战罢造传说。

注:阔是陕西话,可以理
解为美。

情缘似海

亲情，像水，温婉亲切。杨柳依依，悲歌可泣；雨雪霏霏，思乡情切。我既惦念陕西的父母亲对我牵挂万千，愧疚远在他乡，恩情不便传达；又心系桐乡小家，公子在嬉笑中学习成长、告别稚嫩，爱人在柴米油盐里依存芳心、与我相濡以沫。不求金樽清酒，但求万事顺、合家欢；无须玉盘珍馐，但愿衣丰食足、平安健康。

友情，如金，越炼越纯。屋内喝啤，畅聊童年；观看马戏，逗玩有趣；微酌杜康，怡情舒心；偶遇友人，嘘寒问暖。不着尘埃的友情，在流逝的岁月里，仍熠熠生辉。三两知己，便是冰心在玉壶；几尺潭水，更是浓情在心田。

爱情，似火，热情暖心。《诗经》言："死生契阔，与子成说。执子之手，与子偕老。"那是对爱情最纯挚的宣誓。愿作比翼鸟划过天际，愿为连理枝相守地根。当爱情渐渐蜕变成亲情，情更深、缘愈密。

亲、友、爱，一个个简单朴实的字眼编织成幸福的画卷，似海情缘承载着我一生的希冀与诗意。

父亲节

2017 年 6 月 18 日

父爱陪伴就是天，将我孩提架在肩。

扶我走路越蹒跚，偶尔做菜又做饭。

曾经小时偶捣蛋，严厉批评脸上酸。

点滴记忆幸福满，遥祝快乐日月年。

我笑懵了

2017 年 6 月 17 日

回家桌子一眼瞧，儿子制作一堆炮。

猪鸭狗猴一同叫，此刻我在一直笑。

凤凰湖散步

2017 年 6 月 14 日

晚饭过后去散步，地点选择凤凰湖。

公子乐意给带路，前后右盼又左顾。

几月未来美景扑，人往水清一幅图。

陪伴子女非急速，教育之路多阅读。

追蝴蝶

2017 年 6 月 11 日

公子操场追蝴蝶，微笑扬起嘴角咧。

来回跑动不停歇，空余草叶手中捏。

拼搭趣

2017 年 6 月 10 日

一堆零件我头疼，公子拼搭时间缝。

耗时七天终究成，自主坚持贵有恒。

童年童趣

2017 年 6 月 10 日

窗外大雨下得急，屋内喝酒还是啤。

两童玩得笑嘻嘻，童年乐趣都是忆。

静待花开

2017 年 6 月 1 日

儿童疑问多如麻，家长回答众无法。

静待细雨滋润花，快乐成长悦无涯。

六一送公子

2017 年 6 月 1 日

天真烂漫童趣多，朗诵阅读开讲说。
人生征程风雨过，继续前行乐生活。

王家庄菜美

2017 年 5 月 29 日

安徽阿姨来桐乡，各种食材一箩筐。
螺蛳河中亲手趟，蔬菜自种营养壮。
曾经两去王家庄，最美回忆脑海藏。
若有假期再前往，青山绿水悠然赏。

看月亮

2017 年 5 月 29 日

楼顶平台看月亮，调整角度是老黄。
佳宝依在我腿上，嘻嘻哈哈笑脸庞。
调皮捣蛋铭与强，我想观看镜头挡。
晚风拂面丝丝响，如此这般美时光。

公子放生

2017 年 5 月 29 日

与子谈起要养鱼，大海河里最适宜。
总共买了六条鱼，还有乌龟在一起。
慢步手捧龟与鱼，我在后面拍照急。
先放乌龟再放鱼，感叹有人杀生兮。
小区湖边放生鱼，不停嘴里语言提。
相约半年再放鱼，成人有本圆心意。

儿子与友活动

2017 年 5 月 29 日

端午假期桐乡内，警犬基地组团陪。
各种品种圈舍吠，行进抓捕演完美。
操场踢球脸变黑，狂撕名牌大战累。
观看马戏解疲惫，好友相玩最有味。

参观互联网大会会址

2017 年 5 月 28 日

儿子下午看得专，茶歇时刻会址观。

建筑风格江南范，精妙设计让人颤。

朵朵白云天际间，微风碧水波浪缓。

互联互通依光纤，地球家园分秒联。

找桑叶

2017 年 5 月 26 日

找寻叶子开车往，一株桑树长河旁。

公子与我互帮忙，满载而归蚕宝香。

林特送书

2017 年 5 月 25 日

特级教师林志超，出版新书今收到。

聚焦学生的需要，开展班会重技巧。

名家推荐都说好，更有张特作序表。

若想拜读快去淘，助力专业出成效。

注："张特"指特级教师
张万祥。

111

为生命歌唱

2017 年 5 月 22 日

嘉兴学院短暂行，绿色植物石缝挺。

我与儿子凑近盯，蚂蚁散步脚步轻。

来来往往绿色迎，几人弯腰愿意凝。

世界万物皆有命，如此顽强令人敬。

拥　抱

2017 年 5 月 20 日

骑着电瓶车　　儿子坐在后面

晚风轻轻地吹着　身上有了凉意

儿子搂着我的腰　手大而有力量

嘴里不停地说着　我还可以抱抱你

我偶尔快速回头　儿子朝我微笑着

曾经的牙牙学语　好像就在昨天

朗诵趣

2017 年 5 月 14 日

嘉兴赛区比朗诵，协办单位少年宫。

高手如林儿子空，漏掉报号分数囧。

返程桑叶摘手中，桑葚染了指头红。

平时重视苦练功，他日继续参活动。

蚕饿天热

2017 年 5 月 11 日

儿子几条蚕常饿，中午采叶开汽车。

日光直射天气热，一株桑树被树遮。

上前仔细打量着，嫩叶被我全部折。

精心做事有取舍，坚持最后才有得。

逗逗飞歌

2017 年 5 月 6 日

十年历练出两碟，亲笔签名送歌碟。

晚上拿到第二碟，迫不及待放歌碟。

声音天籁也是碟，儿子夸赞逗歌碟。

好任唱响中国碟，静等再出美歌碟。

公子看李编辑赠书

2017 年 4 月 24 日

浙江日报李应全,赠书一本公子看。

家中无人将他管,我带学校坐花坛。

精彩情节向我炫,连说真好妙极言。

阅读兴趣从小伴,人生何处不是欢。

公子外出浪

2017 年 4 月 21 日

相约去浪消防队,思宇妈妈身边随。

云梯直上似天垂,深入体验详浚窥。

操场几人相互追,玩着疯狂不想归。

童年时光如流水,伙伴相约开心最。

公子制作军事报

2017 年 4 月 21 日

最近公子军事迷,晚上军报描摹起。

首张黑白显单一,再来彩色第二季。

兴趣爱好走心底,激发潜能捕契机。

家庭教育似小溪,耐心陪伴更需智。

306 班运动会牛

2017 年 4 月 21 日

北港小学罗老师,带领学生夺第一。

家长义工也给力,精心拍照角度细。

霸气六班有学习,如此班级让人迷。

正确征程已开启,明年来战谁可比。

注:北港 306 班总分第一!路队第一!精神文明队!接力第二!

公子运动会

2017 年 4 月 19 日

今日关注微信群,三〇六班传喜讯。

师生家长主乾坤,攀登运动超结棍。

努力训练急行军,儿子垒球越首轮。

班级建设重在魂,思想引领上品韵。

注:结棍为桐乡话,厉害之意。

115

垒球练习

2017 年 4 月 16 日

中午带子操场玩,顺便垒球练一练。

几次没扔脸出汗,偶尔也会掷得偏。

扔出远近不去管,想法投出抛物线。

体育不是每人专,参与精神值得勉。

友人夸儿子

2017 年 4 月 15 日

友人夸赞长得帅,我笑基因何处来。

自觉学习表现乖,今日习作妈妈爱。

儿子有时特别宅,享受阅读拒户外。

成长过程多关怀,督促问题及时改。

儿子办理身份证

2017 年 4 月 12 日

儿子办理身份证,前去审批中心等。

拍照指纹童颜萌,柜台办理凭证剩。

浪超市

2017 年 4 月 12 日

夜晚陪子超市浪，遇见糕点心飞扬。

菠萝蜜前试着扛，儿童世界零食香。

玩溪水

2017 年 4 月 11 日

山涧小溪曲折流，林中鸟鸣不曾羞。

四童玩水恋不走，陪伴成长无所求。

等　待

2017 年 4 月 6 日

喜欢拿起手机

打开微信

等待着信息

对话框的闪现

穿越时光的隧道

紧紧相连

三月的春风

吹绿了柳叶

像你妩媚动人

117

植 树

2017 年 4 月 5 日

清明游玩项目棒，植下玉兰与香樟。

儿子挖坑有模样，佳宝主动要帮忙。

最后一棵全体上，扶树埋土情谊长。

大山雨露空气良，来年叶盛花儿香。

模仿表情

2017 年 4 月 5 日

徽派艺术博物馆，儿童模仿人物脸。

表情搞怪大人看，轻松游玩互做伴。

陪儿子玩飞机

2017 年 3 月 29 日

常青藤送子飞机，经常约我开飞机。

操控失误掉飞机，误入邻家是飞机。

儿子前去找飞机，人却未在望飞机。

有空再来玩飞机，无尽乐趣有飞机。

陪伴醉人

2017 年 3 月 29 日

早晨起床　你还在睡梦中

我望着你　悄悄地离开

下午放学　你伏案学习

我看着你　不停地打量着

晚饭桌上　你喜欢吃肉

我盯着你　贪婪地嚼着

难得有空　陪你一起玩

杀一局游戏棒　都那样满足

晚上回家　你进入梦乡

我摇摇你　狠狠地亲几口

曾经过去　你搂着我

我讲原创故事　微笑挂脸上

时光匆匆　你三年级

我欣然开讲　回忆那样醉人

儿子组队来桐高

2017 年 3 月 26 日

北港假日活动挑，儿子组队来桐高。

校园参观无心瞧，始终惦记撕牌闹。

顺便来了美佳宝，趁机抓拍几靓照。

午餐食堂吃得少，只因零食不停扫。

操场飞奔追赶跑，男生天性就是吵。

角落有童捡手表，快步递我伴微笑。

半天游玩阳光烤，躺在草坪睡大觉。

构建友伴多互聊，良好关系非远遥。

亲情友情

2017 年 3 月 25 日

车外雨滴敲车窗，有人思念伴身旁。

亲情友情似酒酿，趟过岁月细品赏。

母亲担忧

2017 年 3 月 22 日

亮发紫指谁可比，细风冷雨瘦相思。

何日石头落心底，为娘化去忧愁意。

注：1. 第二句来自一位母亲的原话，细雨绵绵思念儿子，其余三句来自我朋友圈回复她的话。2. 紫指，看到这位母亲朋友圈中照片，美甲为紫色。

带儿子巡查

2017 年 3 月 14 日

接子回校去巡查，一至五楼均到达。

窗外多肉动一下，姐姐开窗儿子怕。

看见标语中楼挂，站着邀我拍张耍。

每天多圈迈步伐，例行督促纪律抓。

独立生活

2017 年 3 月 6 日

爹娘来桐有八年，舒服日子赛神仙。

如今二老早已还，短暂适应越过繁。

我与儿子叠被练，偶尔拖地加洗碗。

父母恩情记心间，上万经典孝相传。

斗　眼

2017 年 2 月 20 日

乒乓训练有课间，香谷儿子站对面。

嘻嘻哈哈互斗眼，童趣十足来一弹。

祝福儿子

2017 年 2 月 14 日

春日阳光让人迷，强宝喜迎下学期。

长思老师培育你，团结合作在一起。

运动提升勿放弃，快乐学习重仔细。

阅读思考要独立，爸爸永远乐无疲。

贺姚伟与张潇新婚大吉

2017 年 2 月 12 日

新郎新娘伟与潇，金玉良缘日子好。

玉石厅内美佳肴，亲朋挚友都来到。

发言环节起波涛，泪眼转而同微笑。

两人共建享爱巢，美满婚姻节节高。

2017 过年小结

2017 年 2 月 4 日

亲戚串门步不停，血浓于水话亲情。

家庭外出旅游行，领略自然魅力景。

相约好友开酒瓶，热情灌溉衷肠倾。

各种情谊重坚秉，人生轨迹北斗星。

联系上失联好友

2017 年 1 月 31 日

好友现居吐鲁番，二十春秋未会面。
多方打听连上线，乡音未改提相见。
忆起当年此伙伴，三天三夜说不完。
初中上学互聊天，过年过节互拜年。
友情经历时间验，走心才能走得远。

遐　　想

2017 年 1 月 31 日

亲情友情人陶醉，过年拜年人久醉。
爱心暖心思恋飞，有梦追梦思绪飞。

文鸡起舞

2017 年 1 月 29 日

美术才子王文一，剪纸祝福六只鸡。
栩栩如生形态异，恭贺新春万事吉。

注：王文一为桐高美术老师。

123

微信与QQ互动

2017 年 1 月 28 日

年年岁岁朋友圈，岁岁年年互点赞。

分分秒秒常思念，秒秒分分信相连。

新年问候

2017 年 1 月 28 日

爆竹声声迎新年，欢乐子时人未眠。

微信 QQ 如此欢，你我问候是其缘。

鸡年祝福

2017 年 1 月 27 日

猴去鸡来迎好运，万事烟云祈喜顺。

情意绵绵活滋润，幸福就在乐成群。

一一与强宝

2017 年 1 月 23 日

两人相约篮球场，强投一捡相互帮。

我凑热闹拍照忙，精彩画面连续赏。

打滚比赛草坪躺，嘻嘻哈哈玩得爽。

童年玩伴好时光，有情有义似花香。

公子煮面吃

2017 年 1 月 15 日

寒假归来第一天，与子相约厨房间。

像模像样打鸡蛋，洗葱切葱旁边看。

自煮日本方便面，狼吞虎咽瞬间完。

如此吃了这午饭，两人满足微笑脸。

公子又考段

2016 年 12 月 18 日

一局两局接连输，三局对弈才醒苏。

五局鏖战全力赴，回看赛场棋手无。

僵持不下对手哭，趁着慌乱稳走步。

坚持克难信心注，如此赢局掌声鼓。

观 枫

2016 年 12 月 17 日

夕阳西下枫叶红，身边伴有家儿童。
趁着周末有点松，与子聊天乐融融。

注：儿子笔名小书虫，本诗第一句来自儿子，第三句我用"空"，儿子坚决用"松"。

友 情

2016 年 11 月 24 日

距离年龄似粪土，岁月秋冬都虚无。
人生笑看云飘浮，容颜易改心却逐。

与大学同学见面

2016 年 11 月 21 日

大学毕业一眨眼，岁月如梭十六年。
相约同学吃便饭，携夫带子来会面。
东扯西拉聊得欢，忘记合影说再见。
学习场景缓呈现，求学时光最留恋。

儿子长大了

2016 年 11 月 20 日

清晨黄昏　两手空空地目送他

大书包后若隐若现的背　儿子长大了

午饭晚饭　坐下悠悠地看着他

贪婪地一口一口吃着肉　儿子长大了

闲暇时光　味蕾美美地品着他

分享给我美味　儿子长大了

夜晚灯下　目光静静地望着他

在书桌前一本一本地阅读　儿子长大了

与父看秦腔

2016 年 11 月 12 日

一晃两年久未归，乡音已改秦腔追。

荡气回肠使人醉，再遇老家我是谁？

杜　康

2016 年 11 月 8 日

友人送父酒杜康，斟下满杯我来尝。

口感温柔溢酒香，小酌怡情心飞扬。

去医院

2016 年 10 月 24 日

表侄女友阑尾炎，得知信息驱车赶。

匆匆来到市医院，女友推进手术间。

门外与他一起观，期待手术顺利完。

生活琐事放心宽，身体健康才是甜。

看望二姑

2016 年 10 月 19 日

秋假悠闲路，杭州看二姑。

三零那年出，工作关建筑。

响应国家赴，南来因姑父。

八七独自住，感觉自我舒。

思维未糊涂，双眼也不糊。

过去生活苦，精神最知足。

现在精神无，物质十分富。

姑夫已经无，二姑思念哭。

精神物质顾，人生才幸福。

幸福的感觉

2016 年 9 月 29 日

红红的雨披　轻盈地飘逸

轮子的转响　穿梭于马路上

儿子坐在后座　双手自然地搂着腰

温暖的小手　荡去白天的疲惫

无边的内容　肆意地聊天

超越了几千年　回荡在空气的边缘

雨点飘落在我的脸上　落在儿子的头上

一路的微笑　便是幸福的感觉

思念娘

2016 年 9 月 25 日

夜晚天空挂月亮,思念远方我的娘。

经常手擀面食𰻝,偶尔加点臊子汤。

祖国母亲河有黄,无私哺育苗壮长。

目光游移乱张望,低头似见泪衣裳。

送母(一)

2016 年 9 月 20 日

母亲性格特别随,八年交友有一堆。

老友得知她要回,连续两天家中汇。

人参马甲友人馈,祝福语言似玫瑰。

客厅几人聊家碎,眼泪笑声相连缀。

物以类聚才同队,友情堪比青山岩。

注:𰻝𰻝面为陕西名点。𰻝,音为 biáng,写法为:"一点戳上天,黄河两头弯。八字大张口,言官朝上走。你一扭,我一扭,一下扭了六点六。左一长,右一长,中间夹了个马大王。心字底,月字旁,拴钩搭挂麻糖。推着车车走咸阳。"

送母(二)

2016 年 9 月 20 日

侄子晨晨读初三,弟媳县城将他管。

弟弟无人给做饭,母亲只能老家还。

离家来桐有八年,精心照料很周全。

知晓面食我最欢,每天都要花样换。

厨房手艺很精湛,亲戚朋友都来赞。

做事麻利不拖延,家中物品未曾乱。

母子连心人常言,爱子情深坚如磐。

远去背影说再见,此刻心境最留恋。

送母(三)

2016 年 9 月 20 日

母亲今日离家前,还为全家把饼煎。

驾车送她心情酸,一路叮嘱宽心肝。

到达海宁火车站,入口驻足是短暂。

匆匆归来未吃饭,只因训练考试看。

打包来校放桌面,表情好似虎狼咽。

工作孝心如何选,洪荒之力为哪般?

老爸忆十六岁吃面

2016 年 9 月 13 日

陕西人民喜爱面，男女老少皆喜欢。

奶奶擀了一大案，老爸吃了四大碗。

本来还想再吃点，只因热闹他才闪。

大姑来家也看见，直言饭量不一般。

曾经每户都缺饭，温饱问题首要难。

物质生活大改变，各式菜肉盘中餐。

精神需求心也宽，趁着年轻逛河山。

与公子聊家族

2016 年 9 月 12 日

晚饭与子聊家族，为何乡村首字褚。

俺辈首来开拓住，建立城堡立门户。

夜晚挂有夜明珠，当地可谓顶级富。

家道中落有点突，先辈赌博全家输。

儿子口出要靠吾，再强家族展宏图。

暂且不论有与无，儿童愿景也要鼓。

与公子聊天随想

2016 年 9 月 11 日

细雨蒙蒙与子行，路边水珠亮晶莹。

明清朝代简单评，是非成败谁言清。

忆我的老师们

2016 年 9 月 11 日

老师是夜里的星光

我失去动力时　指引我前进的方向

老师是温暖的阳光

我经历失败时　温暖我的心房

老师是神奇的春风

我情绪低落时　给予我前行的力量

老师是威武雄壮的山

我离开校园时　也可以依靠的臂膀

老师是波澜壮阔的大海

有海纳百川的胸怀　言传身教的气概

情缘似海

师恩难忘

2016 年 9 月 10 日

一日为师终为父，对我恩情岂可负。

小学初中求学路，老师对我特关注。

高中老师好相处，两次睡觉批评嘱。

大学老师德锋儒，危难时刻出手助。

王晓老师熬夜度，一起欧冠看赢输。

莉君曙初教学著，关注生活解迷悟。

教师节日我忆福，温暖场景眼前浮。

师恩我来打油赋，宛如江水滔滔泪。

公子画磁悬浮

2016 年 8 月 26 日

白纸上面画雏形，公子设计磁悬浮。

接近两万长铁路，五百六百超高速。

各种数据在标注，穿越历史秦国出。

儿童想象真丰富，无须左右任构图。

见兄弟

2016 年 8 月 25 日

两位兄弟桐乡行，相互见面特高兴。

小侠讲座学子迎，春林全国已知名。

聊天喝酒来互敬，真诚话语如夜星。

工作生活互提醒，有友有暖人生赢。

儿子独自买棒冰

2016 年 8 月 10 日

儿子独玩暂时停，问我可否吃棒冰。

马上建议独自行，一口自信就答应。

脚步远去音未听，立即下楼当追兵。

躲在门后眼紧盯，七上八下似上岭。

人影出现微笑盈，继续跟踪呼吸屏。

交给奶奶八元零，口吮棒冰特高兴。

初次购物给好评，信任子女定成鹰。

吃面表情包

2016 年 8 月 9 日

儿子吃面不喜欢，告知老家频繁见。

昨晚相约吃早餐，今日睁眼八点半。

内容黑鱼干挑面，表情丰富我汗颜。

跟着潮流晒照片，真情流露才自然。

公子自制书签

2016 年 8 月 7 日

晚上回家与儿见，自制书签送面前。

放在手中仔细看，各个图案有特点。

我的化学在上面，其余四人也有选。

旅游印记岳麓山，无形教育行走间。

大

2016 年 8 月 3 日

注:大在陕西话中是爸
爸的意思。

大好似春日里　给予播种的希望
理想的种子　萌芽长大

大好似夏日里　送来一丝丝的凉意
风凉徐徐　吹散我内心的烦躁与忧伤

大好似秋日里　送来的精神食粮
积蓄着能量　前进鸷强

大好似在冬日里　给予温暖阳光
无私地洒在身上　灿烂与芬芳
抬头仰望天为大　脚踩大地地最大
家有多大　那便是俺大

邮　趣

2016 年 7 月 31 日

纪念店外首投信,寄与远方晨哥亲。
兄弟情深血脉金,宛如湖水恒歌吟。

球趣

2016 年 7 月 23 日

训练之前有间隙，幼儿同学磋球技。

学习经历超四季，来来回回不是一。

小张教练提醒你，发球不能太着急。

虚心坚持不能移，他日展示乒乓艺。

午后的阳光

2016 年 7 月 23 日

电瓶车　穿梭在小区与马路边

汗水透过每个毛孔　湿透了衣背

庆丰路车来车往　热浪滚滚

人行道上　两个年迈的女人

毛巾扎着头看不见脸　还打着遮阳伞

中山路　步行的人们不曾看见

只听见知了歇斯底里地呐喊

教室内　空调呼呼地吹

老师抑扬顿挫地讲　台下沙沙的写字声

热火朝天的景象　在生活中的角角落落

也在思维的每个瞬间

落日余晖

2016 年 7 月 22 日

午后的阳光　失去刺眼的光芒

闯过树缝　暖暖地洒向大地

饭后的人们　三五成群

沿着庆丰北路林荫道　懒懒地散着步子

逾桥村的路边

男人们光着膀子　悠闲地抽着烟

女人们跟着音乐旋律　跳着整齐的广场舞

偶遇的小狗　跟在主人的身后

时而向前向后　时而绕圈

在遥远的天际之间　晚霞红遍了天边

那里是心灵之岸　而这里却是愉快生活的再现

厨房劳动

2016 年 7 月 18 日

假期儿子能帮忙,偶尔邀他进厨房。

先洗蔬菜去皮光,再将垃圾扔一旁。

生活求学双担当,争取做个好儿郎。

家庭教育重在放,自主独立才更强。

自创我的王者

2016 年 7 月 16 日

儿子自创对战棋，谁是王者有两季。

人物名字好出奇，版式彩色与铅笔。

闲来对战好几次，节节败退未僵持。

连输几战心里急，为何对局无法比。

总败究其原因兮，规则制定失败必。

陪父看电视

2016 年 7 月 16 日

父亲央视看传奇，内容时间的魔力。

黑斑羚羊爱美丽，鸟儿站背捉虫子。

狒狒手脚特伶俐，相互抓虱也麻利。

动物互助非自闭，张开怀抱欢迎你。

曾经追剧妙回忆，武打韩剧都走起。

而今这已早分离，有空首要是休息。

畅想明天有假期，相约好友已开启。

闲暇时间看天地，美好河山到处迷。

喜收赵志毅教授签名书

2016 年 6 月 19 日

传达室外有我名,显示快递有春影。

打开包裹喜盈盈,扉页签名入心灵。

忆起相识网络行,为师为人值得敬。

几次交流理念迎,育人艺术高水平。

浮躁社会需心静,乱七八糟不共鸣。

育人过程不能停,经常引领如练兵。

无须别人如何应,自身历练还需硬。

继续阅读常自警,精彩人生才会赢。

周末时光

2016 年 6 月 19 日

一周工作有点乏,快到九点马上爬。

儿子早餐在等爸,内容就是烤饼吧。

我不小心豆浆洒,儿子马上动手擦。

超市购物独自花,接着一起玩具搭。

旁边观战游戏打,嘴里不停在说话。

家庭教育如何抓,践行陪伴常玩耍。

老妈回老家

2016 年 6 月 13 日

老妈为我管贱息，八年很少回梓里。

接送吃饭一揽子，儿子需求每样齐。

母亲付出真情兮，如何报答在素昔。

近日妻子放假日，洗衣做饭乐不疲。

工作生活何出奇，在于心中有个你。

找青蛙

2016 年 6 月 4 日

路边听见有呱呱，我和儿子停步伐。

找来树枝使劲挖，拨开草下些泥巴。

黑夜之中仔细查，遗憾错过那青蛙。

两人上楼回到家，儿子对我笑哈哈。

春林新书

2016 年 6 月 1 日

喜闻兄弟要出书,天天期盼能拜读。

门口取书在中午,迅速打开签名出。

封面设计有点酷,品读内容情景扑。

教育思变在处处,探出自己品牌路。

面对时代的脚步,寻求改变自然舒。

大手拉小手

2016 年 5 月 26 日

好久好久

因忙于工作　没有时间送儿子上学

今天偷懒一次　替母亲送儿子

下了楼　儿子打开门让我先走

一股暖流涌心头

公交车站　儿子指着远处的公交车

告诉我坐几路可以到达　而我却不十分清楚

上了公交车　儿子坐在身边

闲聊几句　偶尔模仿着广播里的声音

那么熟练清晰　下了公交车

儿子左看右看　穿过人行道

不知不觉　儿子有了安全意识

儿子拉着我的手

这只小手　既熟悉又陌生

但我却握紧了小手

儿子问我　爸爸知道我掉牙齿了吗

我装作知道　糊里糊涂回答一番

到了校门口　向我说了声再见

就快步走进校门　礼貌地向值日老师问好

走在上班的路上　看着来往送孩子的人们

想起上次送儿子是很久以前　我陷入了沉思

母亲养蚕

2016 年 5 月 19 日

同事送我四条蚕，回家交由母亲管。

以前养蚕有经验，采来桑叶冰箱攒。

细心照料食未断，白白胖胖金灿灿。

每天都要仔细看，还为蚕宝给方便。

今日围观有上山，还有两条爬行慢。

宝宝吐丝来做茧，完成茧子延循环。

蚕丝发现有美谈，嫘祖带人终发现。

家蚕驯化四千年，劳动人民做贡献。

公子考段

2016 年 5 月 15 日

今日公子考二段，类似升级已三关。

学习围棋两年半，每次参与从未烦。

对手向他聊困难，输了那局围棋断。

向我诉说紧张感，说说笑笑建议专。

门口等候比分看，二段升级有点悬。

得知结果有遗憾，新的突破值得赞。

回家作文与之联，描述自己跨惊险。

晋级之路有多远，认真坚持不会难。

陪　伴

2016 年 5 月 13 日

我在学校夜办公，儿子电话有点凶。

了解原因马上懂，忙完事情立行动。

兽王足球笑声中，节节败阵有点恐。

与子游戏乐融融，真心陪伴父爱浓。

注：兽王指兽王争霸游戏，足球指桌式足球。

浮 躁

2016 年 5 月 12 日

整个社会显浮躁，天天网络起喧嚣。

各行各业无理闹，目的只为把利找。

平凹描述很独到，洞察生活来浪潮。

面对新闻不要嘈，静观真相最需要。

谝 马

2016 年 5 月 6 日

儿子躺床与我谝，主动提议故事编。

内容大意与马关，马名阅读互相连。

中间牦牛字错念，及时纠正不拖延。

知识广度不是电，要靠平时常积淀。

注：谝为陕西话，指聊天，说话。

母 亲

2016 年 5 月 8 日

我的母亲是农民，干起农活相当拼。

名字里面有个芹，起早贪黑劳作勤。

生育姊妹有个宾，给予母爱如晶沁。

岁月无情白发鬓，何时才能不操心？

强宝身边您来陪，精心照料随时给。

您视子女如宝贝，天天服务未嫌累。

面食技艺很开胃，变着花样是美味。

每顿吃饭眼梢美，将我养得实在肥。

早 餐

2016 年 5 月 1 日

早餐带着公子强，旁边坐着娃他娘。

吃的内容有豆浆，还有烤饼吃得香。

拎菜儿子来帮忙，趁早家务来担当。

闲暇时光逛一逛，天伦之乐要去享。

玩平板

2016 年 5 月 1 日

今天五一吃好饭，与子一起端饭碗。

饭后儿子玩平板，萝卜神庙不会难。

游戏玩得有点酣，额妈走进看又看。

假日放松节奏慢，如此日子实在婵。

注：额、婵是陕西话。额指我；婵指舒服。婵合或婵合（chǎn huo）是指事情很合适，日子美满、很舒服，婵和婵分别指事物和女子。

桌式足球

2016 年 4 月 28 日

桌式足球与子战，轻松二比零领先。

儿子不服想反弹，书写文字向我宣。

今日回家用好膳，儿子即刻向我喊。

焦灼比分很难缠，最终结果儿子先。

期待做事不畏难，人生始终在登攀。

朋　友

2016 年 4 月 15 日

夜阑人静的夜晚　我看见你的眼神

听到你的语言　目睹你的举动

此刻　我看懂了一切

你的悲伤　你的愤怒　你的伤心

我看在眼里

与你相遇　也许是机缘巧合

也许是理念吻合　也许是追梦的脚步

人与人之间　有时候需要语言的交流

而有时候　只需要一个眼神足矣

朋友与朋友之间　有时候需要 QQ 联系

需要电话的慰藉

而有时候　只需要一个简单的微信问候足矣

家人之间　有时候需要唠唠叨叨

有时候吵得天翻地覆

而有时候　只需要一个简单的拥抱足矣

见徒儿

2016 年 4 月 4 日

三口之家都来到，徒儿招待真是好。

小虎论文造诣高，工管全球在领跑。

几杯下肚喝得飘，畅谈过去心儿笑。

亲情友情大脑烙，经常联系不能少。

思亲人

2016 年 4 月 3 日

清明时节雨纷纷，思念逝去亲人谁？

童年记忆你们给，天天为我不嫌累。

爷爷出殡我泪奔，今日再思不流泪。

他日还把家乡回，我愿前去烧纸灰。

咏嘉豪

2016 年 4 月 2 日

毕业学生返校归，一直忙碌无时陪。

我查窗户是否闭，嘉豪身后来尾随。

送他途中降雨水，复兴路上车子塞。

师生情谊不是吹，往昔点滴实在美。

滑　冰

2016 年 2 月 10 日

小鬼相约去滑冰，一路叽喳不安宁。

绕盈河道玩不兴，深入南山滑道行。

爬山一路玩不停，三个大人旁边盯。

一不留神撞树桩，全身泥巴顿不觉。

归途偶遇游乐场，碰碰车中寻童影。

心中梦想何显灵，唯有童心是轩宁。

诗外篇

1. 与儿子的对话纪实。

"中华人民共和国什么时候成立的？"儿子答："1949。""日本什么时候投降？"儿子说："想想。"然后答曰："减去 4 年解放战争，应该是 1945 年。"（注意事件的相关性，可以点赞。）

2. 与儿子讲到北京、上海通过摇号才能上汽车牌照，儿子说这样少数人才能得到牌照，多数人得不到，这一做法应该立即取消。我告诉儿子：车子太多太拥堵。他说马路可以修宽一点。我说没有办法再把马路修宽。儿子说，我再想想解决拥堵的办法,如果想出来让我去告知习主席。(简直是语不惊人死不休。)

3. 儿子看见我拖地,就接过拖把拖了起来。于是我洗拖把,儿子拖地。我现场采访儿子感觉劳动怎么样?儿子答曰:"劳动是一件快乐的事情。劳动可以帮爸爸妈妈做力所能及的事情。"

乐事劝功

在美丽大桐高教书育人数载，切身融入学生的嬉闹与奋战，每一张笑脸印刻在我心头，每一滴泪水滑落入我心海。2014年我开始身负"要职"——年级部主任，往昔数载的经验积累为我打下基石；然而课改压力山大、艰难重重，恰如一张空头支票。没有前人，无处借鉴，只能与教师团队一起主动挖掘新方法、开拓新世界，只有不懈地输入新知识才能变通地适应层出不穷的变化；各处出访，各校开讲，每一次交流都能补充新能量、增添新色彩，每一场讲座都能拥抱来自听众的尊重和热情。

《礼记》有曰："民咸安其居，乐事劝功。""居"本是柴米油盐的苦涩代言，在我的眼里却是幸福安定的化身；"事"本是排山倒海地扑来，令你无法自由呼吸，而我却以此为乐，努力应对。时间总是能猝不及防地偷走我们对生活的乐趣，那为何不使出全劲将热情注入每一项事里，让枯燥的公事附上绚烂的色彩！

班主任培训

2017 年 5 月 14 日

丽水培训来嘉兴,学习会场显安宁。
育人重在走心灵,牢记责任手里擎。

注:丽水莲都区班主任培训在嘉兴学院举行。

桐乡三中讲座随想

2017 年 5 月 11 日

傍晚讲座去三中,狼吞虎咽脚步匆。
开篇视频已感动,泪水滑落眼眶红。
家长细听学意浓,整场讲座未见动。
孩子陪伴下苦功,坚信未来成凤龙。

注:讲座中家长都没有随意离开,令我感动!

工会组织跳长绳

2017 年 5 月 5 日

工会组织跳长绳,我去操场提前等。
参赛队员十人整,两分比赛一阵风。

157

参观浦江中学

2017 年 5 月 3 日

坐车金华浦江行，座谈会时角落听。
重点工作急需清，越过障碍至山顶。

石门讲座随想

2017 年 4 月 27 日

石门中学夜晚行，讲座现场超安静。
分享案例问题明，辅以理念抓要领。
家庭教育少用兵，重在改变目标定。
陪伴孩子时间拧，健康成长精彩赢。

学军开会

2017 年 4 月 22 日

李刚客串做主持，首言总裁博士李。
浙大主任重举例，综合评价八一一。
学军校长谈三一，发展个性不拘泥。
上午培训电脑记，回家有空研究细。

注：八一一指 2017 年浙江省"三位一体"综合评价，考生高考成绩占 80％，学校综合测试成绩占 10％，高中学业水平考试成绩占 10％；三一指"一支队伍，一股精神，一种文化"。

浙班公告来袭

2017 年 4 月 20 日

柳絮纷飞春来到，扬起浙班众人笑。
真心制作冲云霄，好图好文是公告。

注：浙班公告，柳杨制造，华美靓照！

贺陶研代表大会召开

2017 年 3 月 31 日

桃花香飘飞十里，喜迎大会第六次。
教育局长二建议，沈处发言祝顺利。
曹局报告六面提，陶研工作有成绩。
万世师表陶行知，推崇知行相合一。
豪言壮语力挥笔，满腔热情拼学习。
仰望星空脚踩地，立德树人拨雾迷。

《浙江日报》之行

2017 年 3 月 19 日

三月小雨下不停，《浙江日报》今晚行。
头脑风暴思路明，主题幸福终敲定。

注：我到《浙江日报》社，谈教育，聊"浙班"。跨界交流，不同视角，收获多多。

幸福家园讲座随想

2017 年 3 月 17 日

幸福家园公益行，分享育人教育径。

家教重点要理清，陪伴方能润心灵。

引领孩子目标定，坚持榜样手中擎。

改变理念研不停，子女成长必定赢。

最后一夜

2017 年 1 月 22 日

小凡找我提压力，耐心交流加鼓励。

嘉兴数据比一比，心中难免会着急。

寝室巡后遇孔子，仰问六月几人题。

未雨绸缪新学期，寻找方向行运气。

高校宣讲会

2017 年 1 月 21 日

骆宾联系校友归，报告厅内宣讲会。

返校学生一大堆，主持筱竹智敏锐。

北林大学知山水，对外经贸世接轨。

秩序井然来荟萃，欢歌笑语疑虑吹。

迈入名校为梦追，珍惜当下积步跬。

述职·努力·如愿

2017 年 1 月 19 日

三言两语来述职，齐心协力多人提。

面临挑战付努力，越过难关如愿期。

祝贺互联网学校上线

2017 年 1 月 18 日

轻敲键盘光纤牵，名师荟萃网络见。

知识海洋任游看，精彩寒假学子欢。

温暖如春

2017 年 1 月 15 日

会后家长跑面前，道谢说了好多遍。

缘起儿子最近变，与母大谈学习观。

家长肯定让人暖，育人当重持续慢。

课改任务万重山，越过峻岭师生欢。

录取工作方案宣讲会

2017 年 1 月 12 日

雷处讲话新老比，填报变化重点厘。

互动环节疑问提，特别关注无须急。

演练只是来模拟，正式录取揭谜底。

政策师生相传递，余下时光同努力。

注：我前往上海交通大学南洋职业技术学院，听 2017 高校招生录取工作方案宣讲会。

与新浪浙江教育微新闻施总交流

2016 年 12 月 25 日

觥筹交错友人陪，西北酒令桌上嘿。

无形学习犹琛贝，有悟会行自身肥。

听　课

2016 年 12 月 22 日

上课之人为我师，课堂内容原电池。

引领总结予学子，明年四月悉皆知。

"家校合作"论坛暨2016年家庭教育学会年会·上午

2016 年 12 月 21 日

示范学校交流畅,各有特色定方向。

会长核心素养详,抑扬顿挫娓娓讲。

育人深化全球亮,立德树人责任当。

力拔山兮破现状,构建家校新连廊。

"家校合作"论坛暨2016年家庭教育学会年会·下午

2016 年 12 月 21 日

下午主题上论坛,六位选手观点谈。

家长联盟设计满,激情信仰已凸显。

互联网上初实践,活动互助有同伴。

点评嘉宾有高见,不给别人添麻烦。

菱花馨香末收官,教育征程道悠远。

参加教育局互联网学校
家长学校栏目座谈会

2016 年 12 月 14 日

《人民日报》观点拟，家长学校快建立。

信息技术革命起，智慧教育大众议。

各抒己见畅聊蜜，头脑风暴接地气。

互联互通有合力，传递理念与信息。

春晖校园·上

2016 年 12 月 9 日

几人白马湖边站，远处可见几座山。

校园惬意逛着览，古树流水迷人眼。

春晖校园·下

2016 年 12 月 9 日

白马湖畔有春晖，风景优美源山水。

名师硕彦一大堆，历史积淀谁可追。

茅高讲座随想

2016 年 11 月 27 日

受邀来到市茅高，谈论孩子如何教。
鼓掌开讲众人笑，讲座深入眼泪飙。
假装陪着是胡闹，落实陪伴是法宝。
激发潜能期望照，相信奇迹才会骄。

香港中文大学(深圳)博雅论坛

2016 年 11 月 20 日

学贯中西视野粗，会通古今文明路。
融合文理博大笃，独立思考精神富。
通识教育全面顾，理想勇气有抱负。
儒家礼字核心舞，书院育人重交互。

建设局讲座

2016 年 10 月 27 日

受邀来到建设局，分享理念案例举。
家庭教育切记虚，从长计议早思虑。
坚决拒绝大众趋，立足孩子兴趣需。
未来改变合力具，孩子成长路无曲。

批卷随想

2016 年 9 月 7 日

基测凤高去批卷，三两朋友都遇见。

必修有机未规范，结构简式能绕圈。

学子得分怪可怜，心跳加速起波澜。

高考复习禁止懒，夯实基础青于蓝。

会议随想

2016 年 8 月 29 日

站在课改最前沿，抓好期初的开端。

瞄准基测这当前，克服身边小困难。

桐高精神记心田，伟大力量姊妹团。

针对问题强规范，选考过后微笑脸。

德育培训

2016 年 8 月 18 日

德育培训早先定，邀请专家桐高行。

余谦讲座高引领，主体教育显真情。

作俊实战有水平，学生教育似过庭。

育人外在看无形，捕捉细节技巧迎。

参加课改会议

2016 年 7 月 9 日

相约大家杭电走,司机驾车微绕路。

听课地点热不够,专心听课几人有。

课改方向要紧扣,新的考点不可漏。

大家一起同携手,奋力推动桐高舟。

高三,我来了

2016 年 7 月 3 日

教师会议是起点,陆校也来给动员。

高三一年要苦干,仰望星空适时看。

起点落实不要偏,养成习惯廿一天。

四步培优重在变,引领梦想尤关键。

细节落实克困难,考纲变化需细研。

肩上任务沉甸甸,压力变动在实干。

全体同人信心满,翻越课改万重山。

赴二中

2016 年 7 月 2 日

中午开车赴二中，稍等片刻急匆匆。

国道路上车子空，规定车速易操控。

广播节目向耳涌，雨生旧曲心打动。

经典音乐本不同，偶尔听首来放松。

比赛（论文＋微课）

2016 年 5 月 6 日

家庭教育初评审，论文结果有多人。

今日微课仅六分，大家准备好勤奋。

讲课过程重根本，展示家庭教育真。

心怀梦想不会累，继续前行谁人陪？

黌堂情深

　　如果有一片圣地一直让你魂牵梦萦，如果有一方天堂始终令你心驰神往，那便是钟灵毓秀的学校啦。在大运河畔的桐高教书育人，必然怀揣着别样的感受。春天漫步杨柳河畔，夏天欣赏一池莲花，秋天处处丹桂飘香，冬天亦当暖阳相伴。不过校园的美景比不上学子的琅琅书声。桐高每一位学子都有着拼搏向上的精神，都应该获得鼓励和支持。教书育人的目的是把每一个人都培养成才，不放弃任何一个学生是为人师表应有的职业道德。认真倾听他们内心的声音，你会发现，每一个孩子都是独一无二的，也坚持着自己独一无二的梦想，都渴望他人的鼓励、赞扬。试问又有什么能比与每一个孩子都建立一份友谊，看着他们像校园里的香樟那样茁壮成长更快乐呢？

人文桐高

2017 年 6 月 28 日

巡视偶遇合同工,低头认真阅读中。

经常见他珍惜空,与子求知和谐融。

前进途中荆棘丛,各种诱惑令人动。

正能量需不断涌,每日阳光才会红。

市委书记勉励

2017 年 6 月 26 日

市委书记来桐高,是因为桐赢荣耀。

向善向美别忘掉,保持求知若渴号。

学会合作相互超,有时妥协并未少。

巩固优势问题找,继续热情浙北跑。

最后一次会议

2017 年 6 月 25 日

三年的课改先锋,三年的不断探索。

三年的风雨兼程,三年的奋力拼搏。

三年的忐忑不安,三年的今日再见。

注:17 届张烨冰夺得嘉兴市高考状元,张烨冰、沈若冰、郑炜强、姚钰恬包揽嘉兴高考前四名,北大清华锁定共 7 人,等等。虽然这与学校、年级部提出的目标稍微有点差距,但也算是成功啦!

高考成绩揭晓

2017 年 6 月 23 日

二十二日晚揭晓，学子电话飞汇报。

高考分数有的高，网络那头狂大笑。

有人马虎考得少，独自安静失落恼。

好坏赶快抛云霄，转入重点志愿找。

高考分数线揭晓

2017 年 6 月 22 日

我猜五百七十六，实际五百七十七。

高考分数有出入，录取结果千里丢。

高考成绩等待中

2017 年 6 月 22 日

心跳起起落落，踱步来来回回。

思绪千千万万，期待甜甜蜜蜜。

岁月如流

2017 年 6 月 21 日

季入黄梅雨无穷,夏至时节天朦胧。
小创五班语文诵,回看北楼岁月匆。

线欢影园

2017 年 6 月 20 日

天空飞机拉长线,水中鱼儿游得欢。
银杏倒影三角边,此刻我在逛校园。

注:作者漫步于校园,看见天空中飞机拉出的长线与桐高滨水景观中银杏树的倒影有感。

嘉阳来校

2017 年 6 月 19 日

毕业学子有嘉阳,今日来校看师逛。
曾经主动帮我忙,三年相处哩个啷。
为人做事很敞亮,真诚朋友一箩筐。
继续坚持勇前往,未来人生必辉煌。

花香人奋

2017 年 6 月 17 日

池中荷花散香芬，池边学子看入神。

追寻梦想求本真，趁着青春当自奋。

忆江南·陶醉

2017 年 6 月 16 日

荷花美，令人驻足嘿。

花开六月雨露给，引得蜜蜂嗡嗡陪。

能不陶醉味？

偶遇景耀来校

2017 年 6 月 14 日

红衣少年俞景耀，花样年华帅到爆。

今日来校喜拍照，往事浮现脑海绕。

曾经每遇常微笑，钢笔字美都知道。

三年相处真是好，祝福人生节节高。

荷花依旧

2017 年 6 月 14 日

去年荷花盛开来，今日荷花又盛开。

物是人去心澎湃，寸事秒忆久萦怀。

如梦令·追梦

2017 年 6 月 13 日

师生再难聚首。往事点滴怀旧。他日传喜讯，个个表现大牛。拍手，拍手，继续追梦之路。

嘉兴招生志愿培训

2017 年 6 月 12 日

课改进行已三年，经历波折与磨难。

今日培训填志愿，专家宣讲有四点。

重视高校专业选，确保梯次避风险。

理性定位拒绝偏，期待学子扬风帆。

回忆温暖

2017 年 6 月 12 日

站在一楼　十七十八班

可以近距离看见　荷花池的美丽

站在二楼　十三四五六班

可以看见　公告栏的成绩

站在三楼　九十十一十二班

可以看见　老师的鼓励

站在四楼　六七八班

可以直面　横幅的接地气

站在五楼　一二三四五班

可以远眺　心旷神怡

从一楼到五楼

熟悉的路线　熟悉的教室

从五楼到一楼

人去楼空　标语已撕

圣人孔子像　一草一木

皆是温暖回忆

你可曾记得

2017 年 6 月 9 日

你可曾记得　荷花盛开
是去年的夏天

你可曾记得　红色的横幅
是你写下的誓言

你可曾记得　三楼处的橱窗
是鼓励的语言

你可曾记得　二楼处的公告栏
是温馨定期的改变

你可曾记得　那棵枇杷树
是让多少人眼馋

你可曾记得　荷花池的水里
是多少鱼儿游得欢

你可曾记得　北楼的教室
是高三的一年

你可曾记得　五楼的最西边
是史地的五班

你可曾记得　图书馆的门前
是鲜花的烂漫

你可曾记得　早上迟到
是飞快的一瞬间

你可曾记得　三年的坚持
是漫长而又短暂

你可曾记得　追梦的过程
是如此让人留恋

师生友情万岁

2017 年 6 月 8 日

当步入考场前

互相击掌　说声完美

当巡视看见

互相握手　说声加油

当校园里遇见

打个招呼　说声再见

当走到眼前

卡片递到手中　说声谢谢

当跑到跟前

主动来个拥抱　说声辛苦

当整幢楼响起

褚老师　我们爱你

我就站在那里

大声回复　我也爱你们

所有的一切

在意料之外　或在预料之中

三年的风雨　三年的坚守

三年的拼搏　此刻化作记忆

在耳边萦绕　在骨髓蔓延

站在校园的角落　静静看着想着

泪如泉涌　岁月无情

师生友情　常驻心田

愿最后的你们　青春飞扬　生活多彩

泪水滑落

2017 年 6 月 8 日

为什么我的眼里含着泪水

那是因为一千多个日夜

从军训实践运动会开始

始终未曾离开过的陪伴

为什么我的眼里含着泪水

那是因为绿茵场上

篮球筐与足球门

多少次洞穿的欣喜

为什么我的眼里含着泪水

那是因为桐高的食堂

红烧肉的美味

一直吻着舌尖上的味蕾

为什么我的眼里含着泪水

那是因为教室寝室

从学习到生活
留下专注温馨的印记

为什么我的眼里含着泪水
那是因为荷花池里
自由的鱼儿游来游去
留下驻足的身影

为什么我的眼里含着泪水
那是因为文化长廊
金榜题名墙与雕像
精神鼓舞着前进的方向

为什么我的眼里含着泪水
那是因为夜阑人静时
衣服袜子掉下的水
湿了脸庞又滑过了嘴角

为什么我的眼里含着泪水
那是因为所有的记忆
深深融入脑海里
流淌在我的血液中

为什么我的眼里含着泪水

那是因为神奇的土地

涵养着你我桐高人

拼搏进取的根基

高考即将落幕

2017 年 6 月 8 日

寒窗十载路漫漫，父母如焚昨今天。

答卷归去回家团，丰盛佳肴晚睡懒。

多彩六月

2017 年 6 月 8 日

六月的学子　肩扛压力
奔赴考场　期待分数上涨

六月的家长　提心吊胆
牵肠挂肚　期待子女吉祥

六月的老师　千叮万嘱
规范仔细　期待学子凯旋

六月的中国　考试大军
浩浩荡荡　接受挑选栋梁

六月的蓝天　魅力无边
格外耀眼　自信必定致远

最后一夜

2017 年 6 月 7 日

天空月亮云中藏，学子安静复习忙。

莺婕板书脚丫光，重点提醒黑板上。

沈依卡片暖心房，三年付出没人忘。

校园角落手电晃，几生状元桥边逛。

寝室巡视有人唱，最后一夜有点狂。

三载坚持为梦想，他日学成做栋梁。

三合一

2017 年 6 月 7 日

要读有字学知识，要读无字是能力。

要读心书重品德，要读三者显神气。

砥砺奋进

2017 年 6 月 7 日

十年寒窗日月轮，激扬青春勤耕耘。

砥砺题海摸爬滚，力挽狂澜为梦寻。

微笑出征

2017 年 6 月 7 日

一班班口号　震耳欲聋

地动山摇　那是出征前的呐喊

一声声祝福　万语千言

千叮万嘱　那是老师们的鼓励

一张张笑脸　欢天喜地

满面春风　那是桐高人的自信

激情飞扬

2017 年 6 月 7 日

规范牢记心中,充满能量前冲。

激情飞扬考场,再创桐高辉煌。

微笑·必胜

2017 年 6 月 7 日

脸扬微笑入考场,洪荒之力答题光。

没有空白留纸上,必胜信念分数涨。

甜　美

2017 年 6 月 6 日

寝室巡视刚回家,来点水果吃西瓜。

今夜学子表现佳,明日考场试题杀。

熟悉试场

2017 年 6 月 6 日

学子微笑去试场,我拍花儿站路旁。

明天就要上沙场,祝福每人都吉祥。

注:6月6日下午3:00全体考生熟悉高考试场。

一切皆有可能

2017 年 6 月 6 日

几支水笔入考场,积极暗示写纸上。

深吸深吐缓紧张,平复心情不急忙。

先易后难统筹详,审题全面抓隐藏。

答题规范不张扬,会做必得就正常。

离　别

2017 年 6 月 5 日

六

月天

毕业离

难免忧伤

度岁月沧桑

历经课改迷茫

为责任坚守理想

挥洒汗水拼搏勇往

高考闪耀战场为梦狂

步入大学自我探索真相

人生磨砺奔跑不彷徨

工作稳定家庭兴旺

日子红火似蜜糖

他日闲暇时光

再回校园逛

美景欣赏

好风光

暖心

房

知识有力量

2017 年 6 月 5 日

夜风吹来些许凉，寝室几圈观正常。

知识滋润人胸膛，前进路途有力量。

赶　猪

2017 年 6 月 4 日

雷明哨子发令响，各班赶猪快又忙。

师生共同欢操场，其乐融融映脸庞。

短暂调节压力放，继续前行考场强。

正常就是超常

2017 年 6 月 3 日

远眺白云似波浪，皎洁月亮时而藏。

近看横幅微风荡，正常发挥就超常。

教室值班 over

2017 年 6 月 3 日

熟悉脸庞将会远，教室每生仔细观。
忆起课堂互动电，开心交流经常现。
高考审题仔细看，蒙的全对学子欢。
历经七八这两天，专业高校再挑选。

夜晚光芒

2017 年 6 月 2 日

夜晚校园一圈晃，遇见空中放光芒。
学子疾书责任扛，越过山丘书梦想。

文一送回笔记本

2017 年 6 月 2 日

本子丢失落食堂，文一遇见喜帮忙。
送还邀我图画赏，稍作勾勒功底杠。

将离别

2017 年 5 月 25 日

跳动数字每日晃，离别渐近心荒凉。

三年求学有方向，梦想催人更坚强。

青山绿水

2017 年 5 月 23 日

青春飞扬勇当先，山巅美景催人攀。

绿树成荫美校园，水波荡漾下雨天。

复旦大学来访

2017 年 5 月 19 日

复旦大学人来三，阶梯教室阐理念。

四个校区侧重点，专业开放灵活选。

先过笔试再去面，要想成功需两关。

几位专家轮流谈，关注生活相互联。

互动环节学生站，直入试题易与难？

有梦有行需实干，知名大学不会远。

每日奔跑

2017 年 5 月 18 日

花想月容人念衣，只为奔跑持早起。

每日校园为学子，心在远方怎会疲。

桐高双板教学智慧课堂

2017 年 5 月 17 日

主题智慧大课堂，双板教学高大上。

建献开课声音亮，内容选考重播放。

俊杰发言何处闯，勇于探索敢摸象。

技术变更每日强，沟通交流共远航。

莲池又绿

2017 年 5 月 16 日

莲池又绿五月天，鱼儿追逐玩得欢。

荷叶青翠圆似盘，花开六月舞翩翩。

枇杷下肚人溜烟

2017 年 5 月 15 日

校园几棵枇杷树，引来学子常驻足。

成熟果子刚下肚，瞧见我后溜烟无。

疏散演练

2017 年 5 月 12 日

上午大课间，学校应急练。

个别行走慢，队伍有序站。

灾害时突然，心中常绷弦。

生命可贵怜，安全重泰山。

来名师指导中心咨询

2017 年 5 月 11 日

几生围着问难题，三道核心化为一。

授人以渔解题易，轻松化解学子急。

月明人奋进

2017 年 5 月 9 日

明月滚圆挂天边,灯火辉煌亮校园。

追梦前行挥洒汗,无悔青春三十天。

灯亮惜时

2017 年 5 月 9 日

十点二十灯依亮,我站楼下高门嗓。

珍惜黄金余时光,越过六月名校抢。

花香正追梦

2017 年 5 月 8 日

教室角落花正香,学子安静书写忙。

前进步伐无人挡,踩过高考泪盈眶。

2017 浙农大校园座谈会

2017 年 5 月 6 日

农林大学聚座谈,中学校长进校园。

办学目标生态篇,校园有水也有山。

研究领域十重点,社会服务赢美赞。

文化突出是三干,育人五类协同展。

招生政策几点宣,若有兴趣志愿填。

邀请陆校来发言,建议课程紧密联。

中午我登图书馆,东湖风景迷人眼。

多方了解视野宽,有用无用追本源。

注:三干指肯干、实干、能干。

学子训练

2017 年 5 月 2 日

五月首日阳光照,今天雨滴江南飘。

学子训练促提高,敬畏规范分爆表。

四月即逝

2017 年 4 月 30 日

人间芳菲四月天,此刻我在浪校园。

教室学子低头见,誓将困难化云烟。

生哭又欢

2017 年 4 月 29 日

食堂门前女生哭，上前询问缘何故。
眼泪汪汪向我诉，大学目标外语路。
父亲硬要将她阻，选择上海大学入。
三言两语重点疏，再回摊位笑脸出。

高校宣讲会

2017 年 4 月 29 日

上午家长桐高行，齐聚四楼报告厅。
现场听讲很安静，名校专家简引领。

选考成绩揭晓

2017 年 4 月 28 日

学生自修显烦躁,挂念成绩四月考。
上下来回电脑找,登录网站输考号。
系统查询时未到,屡次刷新始未跳。
有人害怕考得少,远远见我撒腿跑。
个别分数意外高,一把搂住将我抱。
几家忧伤几家笑,更有几生哭烦恼。
身边总有学生绕,心情波动直发焦。
坚定信念心中烙,再战六月同闪耀。

其乐融融

2017 年 4 月 28 日

后勤大爷清废纸,捡到帽子开心试。
几位学生要顽皮,瞬间她们头上立。

注:几个学生看到帽子,向大爷要,大爷爽快地答应了。

196

高三拍毕业照

2017 年 4 月 27 日

全体学生同拍照，师傅哄得众人笑。

高端相机水平爆，几次成型全景扫。

三年光阴真美妙，转眼即逝去烦恼。

四十一天苦战熬，再登试场自信考。

五十天高考动员

2017 年 4 月 18 日

丹华发言谈心态，家长讲话实力派。

陆校鼓励经历摆，分班励志高度嗨。

签名活动喜笑哉，更有老师名字晒。

人生何处无精彩，撸起袖子动起来。

柳絮飞舞

2017 年 4 月 18 日

校园河边多杨柳，香樟高大遮她羞。

春风送雪舞长久，飘零散落谁会求。

夜晚校园

2017 年 4 月 13 日

夜晚校园超安静，空中月儿放光明。

孤身单人脚步轻，似曾察觉呼吸屏。

选考落幕

2017 年 4 月 10 日

课改新政七选三，遵循兴趣自主选。

实施全体都走班，何止想象那种简。

纠结选考一串串，每次波动心不安。

新生事物必定乱，更有管理难上天。

今日落幕离去远，油然而生有感叹。

只为学子点个赞，坚持拼搏多自勉。

越过高考那重山，学子压力才会转。

伞　趣

2017 年 4 月 9 日

春雨绵绵落人间，学子走廊放雨伞。

色彩缤纷超酷炫，好似彩虹挂天边。

物化两重天

2017 年 4 月 9 日

物理化学两重天,学子有哭有笑脸。

每次对手都在变,是喜是忧焦虑选。

明日两门就可完,试题未知易与难。

继续答题重规范,选考科目永再见。

天降大任

2017 年 4 月 8 日

挥毫疾笔书梦想,浓郁墨香溢胸膛。

天降大任弘思量,高三学子邀飞翔。

生拜孔子

2017 年 4 月 7 日

夜晚前去看寝室,偶遇两生拜孔子。

寻求安慰精神寄,明日考场似神笔。

清理考场

2017 年 4 月 7 日

清清亮亮迎选考，角角落落都理到。

干干净净心情好，仔仔细细分数高。

活动嗨翻天

2017 年 4 月 6 日

小雨蒙蒙落校园，体育老师上得全。

四人传递球接连，一声哨子离弦箭。

高三学子旁围观，师生同乐笑翻天。

稍作调整心理欢，走向教室再登攀。

备战选考

2017 年 4 月 6 日

桃梨花开开怀闹，闻鸡起舞舞选考。

卷土重来来论剑，志在四方方能超。

桐高滨水景观落成

2017 年 4 月 2 日

院士局长揭幕隆，滨水景观落成颂。

方圆亭方势恢宏，轩辕黄帝落其中。

银杏树下诗意浓，状元桥上向前冲。

日晷剑指遥天空，古典观测中国用。

露天教室桌凳供，砚台四字高显荣。

独占鳌头两字雄，鹅卵石上水波动。

坚韧奋斗耐心从，历届薪火相传炯。

校园处处美无穷，耀我桐高有灵通。

助力选考

2017 年 4 月 2 日

四月选考陷阱多，今日规范重点说。

认真审题少犯错，语言关键少啰唆。

清明假期别浪过，备考训练限时做。

必得题目每分夺，期待大家喜收获。

注：今早上完最后一节化学选考课。

201

沈丽慧赞

2017 年 4 月 1 日

每日必来办公室，寻找未做模拟题。

小彭老师常鼓励，丽慧微笑眼睛眯。

选考科目谁可比，战场自信勇竞技。

刻苦钻研坚不移，浙大不久欢迎你。

嘉兴智慧校园评估

2017 年 3 月 30 日

指导思想三文件，建设目标谐发展。

内容包括四阶段，初步成果已斐然。

教学方式更观念，信息素养每人赶。

深度融合惠校园，互联网＋前景灿。

桃梨花盛开

2017 年 3 月 30 日

三月冷雨不停下，满园盛开桃梨花。

血雨腥风何惧怕，心装自信走天涯。

家长会

2017 年 3 月 28 日

报告厅内家长满，共同聚力家校牵。

郑校提醒有两点，屠校建议范围宽。

俺谈问题攻略兼，坚守底线不添乱。

相信七十又一天，披荆斩棘越过难。

高三体检

2017 年 3 月 24 日

高考体检来医院，乘车无座一路站。

几生心跳加快显，测量进行好多遍。

来回走动腿似断，找个地方开水灌。

身体健康是关键，有空还需勤锻炼。

校新景观即将落成

2017 年 3 月 24 日

历经工期近一年，校园将添新景观。

工人修竹在雨天，美丽建设亮人眼。

学子有空回校见，再来畅游好校园。

选考十六天

2017 年 3 月 23 日

勤去到岗多发现，落实细节严加管。
目标精准面批赞，夯实辅导定地点。
压力动力互转变，负重拼搏苦抗炼。
信心百倍感苍天，期待惊喜降高三。

每分必争

2017 年 3 月 22 日

精打细算每一天，选考规范记心间。
查漏补缺课本看，训练限时不畏难。
调整心态扬起鞭，各门学科都要钻。
专注学习拒扯淡，为家为己赢尊严。

木兰花开

2017 年 3 月 21 日

大师像旁两木兰，花朵盛开互争妍。
高洁典雅我来赞，驻足观赏谁不恋。

注：大师像指的是校园里的丰子恺雕像。

桐高大课堂直播

2017 年 3 月 20 日

桐高直播大课堂，技术支持来帮忙。
凤艳老师实验上，教学环节设计亮。
省市专家把脉帮，精彩点评鼓励彰。
优质资源共分享，互联互通辐射广。
智慧校园在前方，跨越地域互联网。

注：共有四所高中同步上课，授课人为桐高化学老师孙凤艳。

学情书天

2017 年 3 月 18 日

学海无涯因学高，情意浓浓因情陶。
书山有路因书宝，天地茫茫因天辽。

心理咨询

2017 年 3 月 16 日

科技楼内刚新装，场地仪器超级棒。
生命呐喊红灯亮，宣泄人前争先上。
适当压力催人强，学会调控烦事忘。
关注心理亚健康，塑造健全人格场。

温暖我心

2017 年 3 月 15 日

高三十三闵启玄，每次值班伴身边。

主动清理讲桌面，经常互动微笑谈。

早晨相约与我见，递上手机代保管。

晚上电脑让他传，认真整理拉好链。

如此学子人品端，内心深处感受暖。

继续发力勤钻研，金榜题名指日攀。

清晨最美

2017 年 3 月 13 日

清晨校园书声琅，树梢鸟语伴花香。

学子疾书训练忙，回看高中为梦狂。

丢一串钥匙

2017 年 3 月 11 日

一串钥匙逍遥跑，催我几天未找到。

今日来校正常早，无法进门到处瞧。

米兰未见花朵妖，多肉石莲开口笑。

平淡生活伴枯燥，常人无须烦自扰。

勉励三生

2017 年 3 月 7 日

路遇三生互聊天，内容近期充实满。

有生装作啥不管，冲刺阶段玩泛滥。

常想大家围坐谈，众人皆知显难堪。

勉励他们加油战，高考过后圆心愿。

百日励志

2017 年 3 月 6 日

阳春三月花儿开，百日动员在现代。

师生同力加油嗨，心中梦想一起揣。

少年有志豪气迈，每天磨砺不懈怠。

中考过后桐高来，再展宏图名校摘。

红旗飘扬

2017 年 3 月 2 日

蓝天白云朵朵高，我与学子两圈跑。

抬头红旗随风飘，手机拍了几张照。

祖国江山令人骄，部署萨德民咆哮。

运动健康需开肇，且思且行最自豪。

中科大来交流

2017 年 3 月 1 日

开篇校史做介绍，突出物理水平高。
领衔完成墨子号，多点突破就业俏。
四大领域全力冒，视频揭秘科研道。
坚定不移锁目标，全国名校去深造。

注：领域指"能源、健康、
环境、科技"。

江南的风

2017 年 3 月 1 日

校边的河　没有一丝波澜

校园的树　静静地站着

江南的风　秒回了春回大地

万物复苏　伸展着妩媚的身姿

江南的风　吹开校园诗的季节

水灵动地流淌　香樟树随风飘荡

江南的风　唤醒了青春活力

操场上的身影　焕发着魅力

冬去春来

2017 年 2 月 27 日

冬去春来万物盛，枝头花丛疯长争。

校园花卉皆友朋，每次遇见似相逢。

百日动员

2017 年 2 月 25 日

百日冲刺枪已响，怎能虚度好时光。

十年磨剑荆棘荡，看我登临绝顶赏。

寻找校园春天

2017 年 2 月 25 日

午饭过后找春天，漫步路旁与河边。

一步两步仔细观，树梢柳枝都寻见。

瞥见未锁植物园，携子进入两人欢。

忽如春风一夜翩，绿叶嫩芽让人恋。

几生来扫描

2017 年 2 月 24 日

几生扫资料，同来用电脑。

一起说说笑，相互帮忙教。

学子自觉跑，家人少烦恼。

吹响集结号，期待多名校。

遇见女生擦栏杆

2017 年 2 月 20 日

有事前去十三班，遇见女生擦栏杆。

表扬认真显笑脸，高考十分涨瞬间。

再回走廊她还干，彻底清理污渍粘。

竖起拇指继续赞，鼓励语言激发潜。

选考报名

2017 年 2 月 16 日

科技楼内学子闹，分时轮班报选考。

光阴飞逝分秒跑，历经几次人心跳。

世上难寻后悔药，错过拼搏梦想掉。

全力以赴问题找，期待四月分攀高。

送粽子

2017 年 2 月 15 日

前去教室有事办,一位男生吃饼干。

顺便询问未吃饭,直言肚子是关键。

准时用餐身体磐,胃饱能量动力巅。

我送粽子他心欢,微笑离开说再见。

桐高传承

2017 年 2 月 13 日

桐高有个好传统,每届视频祝福送。

策划亦伟创意聪,赏似大片热血涌。

熟悉脸庞靓无穷,全国高校亮真容。

追求卓越记心中,再创辉煌圆梦雄。

学子晚安

2017 年 2 月 12 日

十五月亮十六圆,每周此时寝室看。

但愿学子早睡安,明日精神倍爽干。

高三动员大会

2017 年 2 月 9 日

梦想彼岸崎岖路，风雨兼程心呵护。

意识行动加约束，选考高考两不误。

2014 年毕业 302 班聚会

2017 年 2 月 8 日

三年相处化彩云，历经记忆师情醇。

团结拼搏是班魂，每次相逢春雨润。

贺娄羽慧

2017 年 1 月 23 日

高三学子娄羽慧，作文大赛捧奖归。

三年磨砺永在追，祝福未来多占魁。

注：娄羽慧获得第十九届全国新概念作文大赛一等奖。

生来相约

2017 年 1 月 7 日

晚上值班有课间，一生进来约聊天。

我问时间是长短，直言问题多而慢。

生来聊天

2017 年 1 月 7 日

近日学习陷迷茫,远离北大的梦想。

前来找师相帮忙,三言两语眼泪淌。

选择科目太匆忙,自主考试只能望。

倾听学生诉衷肠,个把小时瞬间晃。

勉励机会在远方,立即行动惜时光。

温暖饼干

2017 年 1 月 4 日

路过走廊学生唤,微笑向我递饼干。

我却摆手拐角转,立即阶梯教室赶。

回复学生一

2017 年 1 月 3 日

字里行间起波浪,主动解疑看榜样。

有行才会有人帮,珍惜每天好时光。

回复学生二

2017 年 1 月 3 日

令箭发出快驰骋，佳言相赠似美羹。

立誓源自今立梦，行动在于日日争。

注：每句诗首字组成的"令佳立行"指"凌佳丽行"。

戴戴来校见我

2016 年 12 月 28 日

中午放椅刚想躺，有人在外敲门响。

门开戴戴走身旁，甜甜微笑挂脸上。

班级微信群里忙，开心聊天互逗祥。

三年相处似酒酿，每每想起欢喜洋。

会后开跑

2016 年 12 月 23 日

会后四楼操场瞧，高三学子自由跑。

陪着一圈凑热闹，运动魅力比天高。

相约好友吃面条，你言我语随便唠。

每天匆匆忙思考，时光如水丢拐角。

青春记忆

2016 年 12 月 2 日

比赛围观皆有你，挥洒汗水尽全力。

成功失败笑看比，三年此景藏回忆。

接力赛

2016 年 12 月 2 日

四人一棒相接力，你追我赶冲百米。

呐喊助威掌声起，越过终点论高低。

六朵金花

2016 年 12 月 1 日

一朵两朵五六朵，全身靓装红似火。

飒爽英姿朝气烁，留得青春向天焯。

礼仪三朵花

2016 年 12 月 1 日

礼仪姐妹三朵花，语言词穷显贫乏。

气质颜值是神话，更有智慧上好佳。

运动会开幕

2016 年 11 月 30 日

青春飞扬气轩昂,各显神通表演宕。

欢歌笑语成海洋,精彩纷呈恋操场。

冬日暖阳

2016 年 11 月 27 日

周日校园脚步匆,遇见学子钻研中。

心向阳光通识洞,桐高梦圆你我贡。

家长会随想

2016 年 11 月 27 日

冬雨下不停,家长学校行。

脚步似流星,聚集报告厅。

李刚高水平,理念做引领。

专业大学定,坚毅目光凝。

三位自招清,名校来年赢。

家长会

2016 年 11 月 26 日

冬雨冷冷清清，此地热热闹闹。
解析清清楚楚，畅想甜甜蜜蜜。

毕业典礼随想

2016 年 11 月 19 日

两首音乐缓缓起，首届毕业行典礼。
校长祝贺荣耀时，薪火相传常联系。
教授发言特诚挚，勉励博爱与正直。
广泛阅读恒学习，追求善美和真理。
奉献社会天下治，人生知行要合一。
未来生活愿景期，家国责任需要你。

图书馆

2016 年 11 月 19 日

轻声步入图书馆，处处细节都彰显。
学子安静埋头看，安静力量黄金灿。

夜遇菊花

2016 年 11 月 15 日

夜巡寝室遇菊花,完美绽放三丽佳。

试比学子宛朝霞,精彩生活是神话。

选考成绩揭晓

2016 年 11 月 4 日

选考成绩一揭晓,有人流泪有人笑。

走廊学子已喧嚣,急切查分上下跑。

此刻内心谁知道,好多请假回家调。

女孩主动与我聊,求教化学如何爆。

眼睛汪汪向我告,父母沟通已断掉。

直言换位多思考,指点方法与法宝。

心情起伏没几秒,疏导鼓励急需要。

继续前行争夕朝,明年再战四月考。

贺戴一新获物理金牌

2016 年 11 月 2 日

喜闻决赛获金牌，散去担心的阴霾。

少年一新学习盖，多次培训物理赛。

晓飞辅导有情怀，精心培养育英才。

忆起家访父母在，选考科目自主裁。

武汉比赛北大来，正式签约最气派。

有梦有行不懈怠，他日人生花自开。

浪校园

2016 年 10 月 31 日

雨后校园到处浪，一花一草无处藏。

几只蜜蜂采蜜忙，燃烧青春最芬芳。

观学子有感

2016 年 10 月 25 日

挥笔之前细构思，行云流水刷题亦。

针落有声时习之，水到渠成望成绩。

选考答案揭晓

2016 年 10 月 20 日

选考答案学生闻,学子心情马上沉。

课堂自修缺气氛,及时调整需坚韧。

目标方向士气振,须是一棒一条痕。

秋风秋雨愁煞人,成绩揭晓解疑问。

换轮胎

2016 年 10 月 17 日

开车大意方向松,右边前轮路边拥。

趁着秋假有点空,前往玛特找联通。

轮胎过期无一用,顿感后怕让我悚。

前后脚垫直接送,亲自洗车情谊浓。

友情绵绵似彩虹,点滴举动我来诵。

卜算子·考试

2016 年 10 月 16 日

十月考完回,家里睡个饱。三天经历冥想竞,体力消耗掉。

午间打个盹,考场试比高。待到成绩揭晓时,你我共欢笑。

选考压力

2016 年 10 月 15 日

学子自主选科报，临近考前压力到。
有人教室来回跑，咨询问题变热闹。
正常压力有利考，不要刻意来打扰。
待到成绩一揭晓，也许压力变欢笑。

此　刻

2016 年 10 月 14 日

此刻校园很静谧，身边蛐蛐叫得急。
门口汽车发动起，休息一夜缓身疲。

考　场

2016 年 10 月 14 日

不负青春美年华，发挥正常就上佳。
考场宽展如勾画，诗情画意走生涯。

期 待

2016 年 10 月 14 日

今年四月战场书，十月又上选考炉。

刀光剑影轩辕出，再添满分雷声鼓。

选考随想

2016 年 10 月 13 日

誓志全力本届抓，课改无石任由它。

头绪太多两眼花，稍不留神出偏差。

白天黑夜思办法，满腔热血汗水洒。

精准落实再细查，笑看十月红似花。

踏圈过河

2016 年 10 月 12 日

草坪到处有欢歌，师生踏圈来过河。

加油助威声音热，一起研究成功策。

参与活动向心合，期待团队夺冠耶。

十月考试压力舍，勇往直前将桂折。

秋日随想

2016 年 10 月 11 日

校园西河水悠悠，晴朗天空云朵舒。

路边红花别样红，唯有相思无尽头。

慕斯蛋糕杯

2016 年 10 月 7 日

一一学生有卓嫣，下午来校男友伴。

慕斯蛋糕杯来炫，打开香气鼻中钻。

四个蛋糕放桌面，儿子未吃有笑脸。

祝福爱情每天鲜，生活快乐无极限。

注：一一是指 2011 届。

学生画我

2016 年 9 月 19 日

铃声表示课堂下，看见学生将我画。

细观此画上好佳，微笑扬起乐开花。

前行历程还要抓，拒绝放弃有人落。

一起合作是一家，未来期许似彩霞。

月　饼

2016 年 9 月 17 日

巡寝学生送月饼，那刻心里真高兴。

面带微笑将我迎，此生我却未知名。

祝福有梦可早醒，目标指引进取行。

点滴温暖都是景，伴随岁月似酒精。

05 年毕业生送相册

2016 年 9 月 16 日

校门外面停好车，晓清帅哥送相册。

忆起七班学风热，相互鼓励没有舍。

工作地点遍四野，师生情谊似大河。

祝福学子常快乐，开心生活美如歌。

燕子归来

2016 年 9 月 9 日

一四学生有凌燕，节日祝福明信片。

自己拍照精挑选，详细介绍我来看。

高中助理让她锻，刻苦精神不一般。

求学之旅非平坦，洪荒之力记心间。

注：一四是指 2014 届。

巡查随想

2016 年 9 月 8 日

临近下课站二楼,巡视纪律去监督。

学生走廊想早走,看见我在飞退后。

一个男生头几露,瞥见几次即回头。

十月考试时间凑,远离杂念拒绝诱。

最美遇见

2016 年 9 月 2 日

今晚来校夜办公,体育女孩咨询中。

试卷答案看不懂,我帮释疑她笑容。

欢聊近期下苦功,刷题过后乐无穷。

直言两年太匆匆,再不努力一场空。

奋发精神当歌颂,人生征途此时冲。

宝哥来校

2016 年 9 月 2 日

毕业二班小宝哥,名字就叫王天乐。

给他倒水也不喝,就想与我唠会嗑。

忆起高中有一夜,他爸接他开汽车。

开门让我先上着,幸福温暖在那刻。

巡视有感

2016 年 9 月 1 日

巡视学子特安静,走到五楼西边停。

自修教室女孩宁,上前交流南大倾。

教室讲台有身影,男孩讲话指着屏。

目标趁早要制定,没有方向怎么行。

望蓝天白云

2016 年 8 月 25 日

每层走廊看天空,白云蓝天各不同。

转身望见迟到生,撒腿跑向班级中。

隔窗看见老师动,学子早读声音浓。

高三一年时光匆,肩负责任梦想种。

两朵金花

2016 年 8 月 24 日

兜兜来校携棒棒，楼梯走下微笑撞。

忆起兜兜当班长，首次文章入心房。

棒棒书记帮我忙，每次开会笔记详。

两朵金花上海闯，静待他日圆梦想。

沁园春·高三

2016 年 8 月 21 日

匆匆二载，教室北来，今日起航。

看高二习惯，有时散漫；学科训练，不够规范。

早读迟到，教室用餐，学习随意浪不够。

迎课改，无经验借鉴，压力山大？

桐高来时梦想，想初中岁月辉煌昌。

恰时光正美，挥洒汗水；为了梦想，竭尽全力。

瞄准高考，坚定不移，手机游戏扔一旁。

青春燃，行动每一天，赢得高三！

01 届毕业学生来桐高

2016 年 8 月 13 日

办公室内听热闹，循声看去有人瞧。
站在三楼答应照，立即行动向下跑。
全体人员在微笑，任由表情随便调。
零一那年来桐高，这批学生刚离校。
十五春秋光阴飘，岁月如梭催人老。
回望过去人渺渺，心灵深处谁人晓。

浙班大讲堂公告来袭

2016 年 7 月 20 日

浙班才女有柳杨，公告制作特别棒。
人才济济阵容强，专家新锐齐上场。
关注公告何时放，期待大家别隐藏。
有空常来大讲堂，参与交流和分享。

向北大

2016 年 6 月 26 日

高烧使我精神恍，会议召开就在扛。

四楼灯光依然亮，走进教室了解状。

看见学子交流忙，更有沈佳来分享。

我凑站在学子旁，顺便了解新方向。

北大介绍十分详，围观学生如波浪。

学习要有新畅想，有梦有行才会强。

清华来校

2016 年 6 月 23 日

清华大学来桐高，我将优秀学子叫。

行政四楼总介绍，播放视频有校草。

大学生活好热闹，毕业工作也好找。

韩师介绍挺周到，挨个学生再过招。

中饭时间早过了，校西黑鱼面来烧。

考上名校不虚渺，立即行动趁个早。

高考成绩揭晓

2016 年 6 月 22 日

高考成绩已揭晓，朋友圈中好热闹。

学生网上一查找，有人失落有人笑。

桐高成绩让人骄，重点人数历史超。

真心祝福老高考，画上漂亮一句号。

竞争环境吓宝宝，如何引领浙北跑？

课改前行有浪潮，努力工作别逍遥。

详细规划要趁早，精准落实更需要。

困难面前不急躁，畅想明年耀桐高。

最美遇见

2016 年 6 月 12 日

自选模块刚考完，一生来找随便谈。

手机自控周末艰，让我将它七月管。

时间长久开机难，顺便手机充个电。

闲聊分数有点担，直言放松是关键。

接着食堂去打饭，来到连廊两生看。

男生女生露笑脸，向我愉快说再见。

三年时光就此闪，留下细节在心间。

今日结束非终点，美好征途在召唤。

复旦 & 上海交大三位一体

2016 年 6 月 11 日

三位一体在桐高，家长携娃来报到。

熟悉考场校园跑，偶遇迷路将我找。

耐心指路家长笑，顺便祝福运气好。

英才下午沉着考，金榜题名家人骄。

中午吃面人热闹，等待过程家长聊。

小彭监考离开早，付钱祝福予生告。

吃面人多老板焦，陌生人儿来帮灶。

人人相处阳光照，和谐社会有欢笑。

高二家长会

2016 年 6 月 10 日

下午学生家长会，场面热烈有扎堆。

围绕问题将师追，问题解决家才回。

加强交流相互推，精诚合作追求最。

继续落实高三蜕，明年高考牛可吹。

下冰雹 & 雨

2016 年 6 月 8 日

学子还在英语考，天空乌云吓一跳。

乌镇下起大冰雹，市区大雨接着闹。

每年高考雨水飘，恰似龙王神驾到。

忆起当年我高考，开完暴雨将我浇。

骑着单车往家跑，也没幸免雨水澡。

天气变化谁可料，风雨雷电随时啸。

自然因素非重要，看你心情怎么调。

高考第一天

2016 年 6 月 7 日

今日高考第一天，总体平稳无麻烦。

上午语文见笑脸，下午数学生说难。

考完学生鸟兽散，放松心情吃晚饭。

明日一天再作战，理综试卷是考验。

人难我难不畏难，不可大意认真看。

学子努力苍天见，高考过后尽欢颜。

带生去医院

2016 年 6 月 6 日

高三年级一学生，上完厕所腿磕棱。

医院缝针超级疼，蒙头传来三两声。

右手抓我肌肉绷，医生总计五针缝。

完全看好家人逢，临走还将鼓励赠。

家中老妈吃饭等，我吃几口将饭剩。

学生安全常提醒，时刻提防棱角碰。

高考好运

2016 年 6 月 6 日

床上放着妻衣裳，儿子拿来穿身上。

色彩红火像太阳，摆个造型将师装。

桐高学子上考场，别上试题陷阱当。

仔细审题周全想，答题规范禁飞扬。

统筹时间别木囊，卷面整洁要登样。

如遇困难别慌张，老师随时在身旁。

期待发挥超正常，再现浙江状元郎。

注：木囊，陕西方言，读音 mū nang，指行动迟缓、浪费时间的行为，也常用语比喻人反应迟钝。登样，桐乡方言，意为漂亮。

与生聊天

2016 年 6 月 3 日

想起月考刚考完，几生分数多一半。

找来他们聊考卷，挨个错题仔细盘。

两生泪水脸上见，给予鼓励将她劝。

有的粗心埋隐患，更有方法有点乱。

针对问题提意见，落实方法才可攀。

时间匆匆一会完，微笑祝福美好愿。

聊天过程好气氛，生梅夸赞愚认真。

听完内心有一震，工作认可才能奔。

回想事情多缠身，历经两年有皱纹。

虽有杂事不也恁，千锤百炼心里稳。

做事坚持多耳闻，身外之物了无痕。

保持内心言不喷，寻找自我入凡尘。

座谈会

2016 年 5 月 30 日

今日学生座谈会，各抒己见声音脆。

学生想法有一堆，决策不能生生随。

问题宛如流星坠，安排周到绝对吹。

困难面前怎能龟，齐心协力扬校威。

北大讲座

2016 年 5 月 16 日

北大孙柘来讲学，介绍经验送攻略。

他的经历有点绝，报告过程大家悦。

立即行动把题虐，坚持奋斗度日月。

求学路上不犯错，明年高考造传说。

油桃熟了

2016 年 5 月 16 日

饭后同事相约走，三言两语下了楼。

校园油桃已成熟，颜色鲜艳挂枝头。

大家走到树下凑，站着伸手不能够。

此时有人学着猴，站在树上下了手。

几个学生站窗口，露出笑容这里瞅。

相互提醒赶快收，最后离开是某某。

此景想起郊外游，站在树下大声吼。

童年记忆大脑有，到处游荡乐悠悠。

跑　趣

2016 年 5 月 11 日

每天课间在跑步，保持节奏要匀速。

音乐旋律耳边扑，两圈过后呼吸促。

坚持运动不停步，身体健康生命路。

任何药补纸老虎，运动调节不虚无。

成绩揭晓

2016 年 4 月 30 日

选学成绩网上有，学子查询来回走。

相互了解一起凑，得知结果有喜忧。

新的课改需计谋，何时去考怎看透。

别人选择不清楚，把握自己才会有。

时刻提醒始终忧，间隔压力时常受。

基础扎实不遗漏，天天努力勤奋斗。

运动会

2016 年 4 月 27 日

家长老师心很齐，入场表演出新意。

二〇六班鞋子丽，走向跑道大家迷。

广播传来是第一，老师孩子笑嘻嘻。

运动场上有魔力，参与其中乐不疲。

志愿者

2016 年 4 月 27 日

运动会上志愿者，主要任务拍照者。

家长入场策划者，老师管理细心着。

向阳花朵伴随着，旁边来了围观者。

整个过程秩序着，孩子全程微笑着。

远 足

2016 年 4 月 22 日

咨询桐乡气象局，建议今天去远足。

操场集队士气鼓，坚持到底不能屈。

队伍前行弯有曲，安全防线教师予。

步行路上有点堵，交警叔叔把路疏。

沿途风景缓缓入，歌声笑声乐走路。

偶尔阳光曝一曝，身体健康疾病无。

咏你们

2016 年 4 月 10 日

课改首考繁又杂，各种事情有一打。

带队老师纪律抓，陪伴坚守表现佳。

监考老师考场下，马上前来作解答。

额的短信不少发，源于课改复杂化。

同事相处是一家，团结协作值得夸。

大家齐心克服乏，明天就去享春假。

送笑脸

2016 年 4 月 8 日

我给学子送笑脸，学子逢我微笑现。

选考考场不畏难，审题还需仔细看。

保持心态守规范，学子怎会白流汗。

娃子祝福苍天见，期待成绩向上蹿。

见字有感

2016 年 4 月 8 日

天天早读在巡视，唯有今天发现奇。

每班后门都有字，书写格式也统一。

普通语言接地气，温暖七百多学子。

微笑举动很美丽，我要永远祝福你。

注:所有班级后门上都有"学考加油"与爱心图案。

艺堂
情深

咏琴声

2016 年 4 月 8 日

考场布置要离开,搬至科技大楼来。

我刚转到七班带,许多学生非常嗨。

探个究竟门来开,发现女孩弹琴帅。

我邀她来继续晒,弹完一曲掌声拍。

适当调节我不怪,放松心情喜开怀。

平时表现特别乖,明日考前展豪迈。

桐高学子特有才,细节展现有大爱。

求学路途不懈怠,报效祖国有胸怀。

祝福学子

2016 年 4 月 6 日

临近首考学子急,源自紧张的心里。

考前动员提士气,期待冲锋破试题。

拒绝夜车不要疲,按部就班正常起。

要想考好无秘籍,沉下心来才是秘。

命题老师喜猎奇,小心陷阱迷惑你。

考试过程别大意,抓住关键寻踪迹。

桐高学子有实力,考前无须太消极。

期待喜讯迎胜利,我们一起笑嘻嘻。

生活悟语

　　生活，大多数时候就像是一碗平平淡淡的稀饭，尽管无甚味道，但又不可避免，必须得吃。理发、落雨、运动、吃饭，每个人都要经历这些普普通通的事，但也正是这些平凡的事，组成了每个人不平凡的生活。陆机曾说道："笼天地于形内，挫万物于笔端。"将生活中的普通物件化作纸上诗、笔下词，也是诗人的日常事。而阅历、知识、素养、感悟也正是从这些日常事中来。生活悟语，便好似手执一盏清茗，在生活的气味中品味半世沧桑，岂非妙事哉！而遇见的猫儿、狗儿、人儿，也都化作美好的记忆，埋藏于心底，或者借着诗，缓缓流淌于纸上。

水流愁丢

2017 年 6 月 19 日

思绪万千度春秋，纷纷扰扰似水流。

人生就在一杯酒，微微上头烦恼丢。

波力游泳

2017 年 6 月 14 日

压力释放下午空，我来波力畅游泳。

水质清澈微波动，环境优美闪耀桐。

好久没有身放松，一圈两圈就累懵。

偶遇生人学习泳，直言目标记心中。

身体健康尤为重，人生缤纷似彩虹。

心有所愿

2017 年 6 月 3 日

风起竹子空中摇，小路深处自然辽。

心有追求精诚到，如我所愿开怀笑。

文学照亮生活

2017 年 5 月 17 日

部长先致欢迎辞，长枪短炮拍照急。

王蒙讲座捕捉细，娓娓道来入心底。

文学修辞句美丽，感受抒情人着迷。

编织生活有意思，生命之歌留记忆。

宁静致远

2017 年 5 月 13 日

宁愿相信奇迹有，静下内心坚持走。

致敬老师培育愁，远处美景似挥手。

青春无极限

2017 年 5 月 4 日

长江黄河波浪滚，岁月无情没年轮。

拼搏进取有主魂，人生何时不青春。

看电视真稀罕

2017 年 5 月 3 日

平时每日人瞎忙，家中电视始未亮。

出差闲躺房间床，龙门客栈红高粱。

大漠狂沙尘飞扬，山东高密抗日响。

历久弥新是典藏，此刻静静度时光。

砥砺前行

2017 年 5 月 3 日

外出学习心煎熬，瞄准方向问题找。

泰山压顶不弯腰，努力终会化为笑。

梦　想

2017 年 4 月 28 日

梦想是灯塔　　闪耀着光芒　　指引前进方向

梦想是信念　　磐石般永驻　　无条件地勇往

梦想是灵魂　　超第七感觉　　内心始终景仰

吃水饺

2017 年 4 月 22 日

晚饭会餐未吃饱，步行想找吃面条。

偶遇路边有水饺，韭菜鸡蛋心中绕。

一个入口胃已烤，花费十五元钞票。

用心栽花芳未到，无心插柳香味妙。

浙报夜宵

2017 年 4 月 22 日

会议出差来杭州，相约夜宵浙报走。

食堂聊天多停逗，李记签名眼睛凑。

灯火通明上高楼，凌晨工作是常有。

生活磨炼似行舟，面对困难挥挥手。

杭州漫步遐想

2017 年 4 月 22 日

晴朗四月来杭州，高楼远处白云悠。

追梦脚步住心头，放手一搏解忧愁。

仙客来

2017 年 4 月 21 日

去找发哥商事办,仙客来花盛开艳。
花儿貌似风车转,七彩光芒永向前。

庸人自扰

2017 年 4 月 13 日

世间本来无烦事,庸人自扰常有事。
脑海常想过往事,春日阳光聊闲事。

传统工艺——箍桶

2017 年 4 月 12 日

古镇老人做水桶,上前打量瞧施工。
销钉胶水熟练用,传统工艺谁来荣?

注:许多游人都在老人
的本子上留下了文字,
我也留下一首打油诗。

放松一刻

2017 年 4 月 11 日

美酒佳肴上餐桌,你来我往已喝多。
偶尔放松真不错,心有舞台美生活。

偶遇太极

2017 年 4 月 11 日

六人合练太极，动作行云流水。

动作整齐划一，画面实在陶醉。

教练指挥得力，队员虚心收推。

前往省里去比，桐乡儿女夺魁。

前往歙县杞梓里

2017 年 4 月 2 日

刚学陶行知，又游他故地。

岳华真淘气，照片群中戏。

大家心里急，只因风景迷。

同去杞梓里，卸去身体疲。

注：时隔一年，再次前往！

自　嘲

2017 年 3 月 28 日

走自己道路，坚决不回头。

写心境感悟，油诗每天有。

品人间疾苦，欣赏生活逗。

享天下幸福，微笑常回眸。

生　命

2017 年 3 月 27 日

呱呱坠地走一趟，大好年华有空浪。

喜事烦事趁机忘，灰飞烟灭空相框。

逛菜场

2017 年 3 月 18 日

难得空闲逛菜场，各种蔬菜有模样。

荤素搭配是理想，走进厨房胡乱忙。

信　仰

2017 年 3 月 17 日

心中若有信仰，行动自有方向。

面临困难阻挡，前路不必慌张。

跨越地域时光，放飞心灵歌唱。

偶尔来点鸡汤，继续执着前往。

往事如烟

2017 年 3 月 16 日

往事不堪回首,万里长征要走。

夜晚思绪上头,天地岁月悠悠。

晚　安

2017 年 3 月 12 日

小雨降落在晚间,寝室查看全身汗。

许多枯叶一片片,出门保安方便面。

洗澡之前道晚安,魂牵梦绕喜做伴。

给予能量落心坎,明日依旧艳阳天。

岁　月

2017 年 3 月 11 日

时光似水岁月匆,花草郁郁又葱葱。

喜事烦事转头空,品味人生乐无穷。

江 山

2017 年 3 月 7 日

江海悦纳每细浪,努力眷顾感上苍。

泰山不择寸土石,每日坚持源梦想。

记忆·思念

2017 年 3 月 2 日

窗外风声呼呼响,逾桥路上车来往。

点滴记忆如蜜糖,思念伴我入梦乡。

理发·小酌

2017 年 2 月 27 日

二月二日龙抬头,我送儿子乒乓球。

挤出时间理个头,黑发没有几根留。

凉拌小菜加蒜头,独坐客厅喝黄酒。

心向阳光度日头,纷纷扰扰何时休。

思路·高度

2017 年 2 月 9 日

有思创路前景阔，善言力行抓经络。

没有执行空误国，他日回首如何说。

过年胖几斤

2017 年 2 月 7 日

逢年过节胖几斤，猛吃懒睡是主因。

工作运动锻炼勤，苗条身材会降临。

月亮问孔子

2017 年 2 月 6 日

月亮高高挂天上，给予黑暗中光芒。

孔老夫子在前方，诲人不倦催人往。

片刻沉思

2017 年 1 月 21 日

抬头向前一远瞧，风景意外人微笑。

镜内花儿绿叶绕，窗外香樟风中摇。

回看文竹疯长彪，梦想壹号陪伴跑。

最冷江南童心草，追梦少年比天高。

暖冬岁月

2017 年 1 月 14 日

暖冬岁月何时了，晨曦夕阳光芒照。

心思忙事真不少，撸起袖子快步跑。

建筑工人围火炉

2016 年 12 月 30 日

建筑工人围火炉，拂晓寒风瑟瑟度。

家乡火炕温暖乎，日夜思念何人诉。

雨　夜

2016 年 12 月 27 日

送完儿子走回家，眼前呈现美红花。

雨滴寒风脸上滑，唯有思念浪天涯。

自　嘲

2016 年 12 月 10 日

愿景油诗抒心情，绞尽脑汁恒未停。

清风嘲我没水平，微微一笑远倏倅。

德育故事演讲

2016 年 12 月 7 日

情感世界隐无形，引导鼓励少骋兵。

三部曲上乐前行，责任陪伴重倾听。

爱心包容抵心灵，寻求真相心态平。

德育理念在悟性，无用之用也有影。

希腊神话

2016 年 12 月 4 日

希腊神话贯西方，故事人物有形象。

文明古国悠传统，东方西方架桥梁。

你若是

2016 年 11 月 29 日

你若是北斗星　夜阑人静的晚上　在指引着我方向

你若是白云　翩翩起舞　在对流层的天际

你若是大地　广阔无比　在拥抱每寸土地

你若是灵魂　超越千年的印记　在神奇的异域

贺香香大婚

2016 年 11 月 28 日

湖南辣妹个性香，二次谋业来桐乡。

牵线搭桥友人帮，觅得江南灵安郎。

本周入了婚洞房，甜蜜日子岁岁旺。

新人幸福要互帮，愿景来年遛孩逛。

音乐·歌迷

2016 年 11 月 27 日

全场气氛嗨翻天,舞美动感音质绚。

歌迷互动不肯散,欢声笑语绕耳边。

周杰伦演唱会

2016 年 11 月 26 日

杰伦嘉兴演唱会,相约好友来组队。

趁着年轻把星追,欣赏音乐让人醉。

秋雨随想

2016 年 11 月 22 日

细雨雨落香港,乌云云飘天上。

花红红在路旁,人忙忙于无章。

港中大天人合一

2016 年 11 月 21 日

历史印记校园间,天人合一水连天。

远眺山中有亮点,精神信仰留心田。

术业专攻

2016 年 10 月 31 日

围棋结束子未走，我站旁边在等候。

二童电视前面凑，反复讲解教练寿。

心不在焉瞅了瞅，围棋步法晕了头。

术业专攻苦练熟，迈进才会信天游。

奔　跑

2016 年 10 月 18 日

沿着楼梯　一步一个台阶

可以到达楼顶露台

绕着跑道　一圈又一圈

可以脚印画圆圈

循着山路　拾级而向上

可以欣赏山之烂漫

望着昨天　洞察世事变迁

可以看见脚印一串串

看着今天　忙碌而又充实

可以留下精彩瞬间

想着明天　幸运女神降临

可以眷顾人间冷暖

悠着心灵　任由思绪万千
可以抵达宇宙的边缘

钢　琴

2016 年 10 月 15 日

化政之间有间歇，钢琴演奏是莺婕。
缓缓音乐似蝴蝶，挥洒汗水待奏捷。

晒步数

2016 年 10 月 13 日

来回穿梭楼层间，半天下来两腿酸。
微信运动步数闪，稍不留神已过万。

牵　挂

2016 年 10 月 2 日

相见离别捉迷藏，灵魂眼泪轻流淌。
一缕牵挂在心肠，唯有梦里遥相望。

首次烧鱼

2016 年 9 月 25 日

人生烧鱼是首次，手忙脚乱好捉急。

下锅刚翻掉完皮，如此做鱼真是奇。

旁边妻儿笑嘻嘻，直呼鱼儿死受气。

万事首次不容易，熟能生巧有天地。

烧晚饭

2016 年 9 月 21 日

厨房我来烧晚饭，切好两盘忘煮饭。

白菜差点少放盐，全桌无荤因从简。

询问儿子爱哪盘，不假思索说一般。

母亲做饭大家馋，争先恐后就光盘。

反观今天我表现，卖相口味值得贬。

厨艺水平需常练，假以时日再来炫。

晒 QQ 运动周报

2016 年 9 月 13 日

浏览 QQ 一周报,每天步数均达标。

来回巡查每班瞧,稍不留神万步到。

楼上楼下来回跑,看谁不是乖宝宝。

工作锻炼两相好,坚持运动活到耄。

冰冻酸奶趣

2016 年 9 月 3 日

酸奶冰箱冷藏过,味道感觉真不错。

先用舌头绕圈嗫,再用小嘴裹一裹。

挖来一勺让我啄,询问感觉让我说。

此情此景好阔绰,光阴似箭表情躲。

地藏香

2016 年 8 月 31 日

夜晚秋风些许凉,店前路边火星晃。

插上几支地藏香,保佑逝去亲人旺。

偶尔传来许忧伤,此刻谁人解惆怅。

人间灯火最辉煌,身边生命是太阳。

维修工

2016 年 8 月 18 日

烈日炎炎太阳红,墙边坐着维修工。

屋外敲墙是叮咚,室内花草见繁荣。

内外风景不是同,只缘非在同时空。

岁月如梭来去匆,且真且享且从容。

首吃番石榴

2016 年 8 月 17 日

首吃一个番石榴,味道感觉特别扭。

儿子表情有点糗,吃了几口赶快丢。

原产美洲热带流,十七世纪中国求。

止泻止血历史久,食用营养丰富牛。

生活随想(一)

2016 年 8 月 16 日

近期迷恋易中天,每日要将视频点。

畅想以后开个店,起名褚黄电影院。

店内有床有笑脸,零食随处都可见。

想听想吃随你选,睡意来临床上酣。

如此惬意的店面,到底几人去围观。

童年理想不在变,追梦脚步自有恋。

公子被带看电影

2016 年 8 月 14 日

好友昨天将票定,相约公子看电影。

中餐全体笑盈盈,饱餐完美两人领。

影院门口戴眼镜,脸上表情显高兴。

高效陪伴需坚秉,家庭教育不可轻。

点播百家讲坛

2016 年 8 月 13 日

公子小时阅三国,偶尔和我谈起过。

无事饭厅与奶坐,追寻硝烟看疑惑。

中天引证比较妥,引人入胜微笑多。

历史真相对与错,三言两语岂能说。

生活随想(二)

2016 年 8 月 10 日

交易短信看不到,前去工行仔细瞧。

大厅经理每步教,始终脸上洋溢笑。

移动电视无信号,立即前去更换掉。

华数人员耐心导,未带现金支付宝。

驾车办事换地跑,庆丰北路相让道。

振兴路上熟人招,相互微笑问个好。

究其根源磁场罩,秘密法则吉日照。

我无精打采

2016 年 8 月 3 日

你离开我好几天了　你没有给我浇水

你没有给我换空气　你没有看过我一眼

我孤独地过着每一天　我叶子变黄

我东倒西歪　我奄奄一息

我没有往日的生机　我无精打采

周围虽有生命　我却未曾看见

如同死去一般

乘专列

2016 年 8 月 2 日

前往韶山乘专列，车上没有空调设。

风扇呼呼空气憋，火车运行日光烈。

我带儿子观三节，只有首节照片贴。

曾几何时专列热，全国传颂浏阳河。

关羽守荆历史页，江山画卷谁人歌。

配眼镜

2016 年 8 月 2 日

眼镜掉地有划痕，戴着常松心也闷。

前去丹阳推开门，老板微笑解疑问。

旧镜耐心除浮尘，新镜推荐价不狠。

诚信经营立根本，生意红火喜迎人。

自　然

2016 年 7 月 21 日

山上石头无节制地开采　树木接二连三地倒下

旅游疯狂地开发　只为资源

栖息地的侵占　珍稀动物杀害

也肆意地非法买卖　只为动物皮与肉

未达标的工业废水　将垃圾从城市运到乡村

或者将垃圾不加区分地掩埋　只为除去暂时的障碍

山在哭泣　动物伤心流泪

水失去曾经的妩媚　一切都是人类的伤害

迷人的青山　可爱的动物世界

清澈见底的水　还有北京蓝

都是未来的自然恩典

手　语

2016 年 7 月 20 日

短暂迷失标致驴，路边停车光明去。
遇见一男和三女，表达交流用手语。
女人头上是云缕，脸上表情很有趣。
沟通方式都是虚，心灵交互才最需。

奔　跑

2016 年 7 月 18 日

生物钟响醒得早，脑海浮现楼间绕。
身边躺着昱宁宝，睡姿让我看见笑。
来到客厅思绪飘，窗外绿色有花草。
忙忙碌碌世喧嚣，短暂停留再奔跑。

孔雀开屏鱼

2016 年 7 月 15 日

晚饭鱼儿上了桌，我观卖相真不错。
儿子辣椒鱼块驮，口中也没有错过。
忆起曾经将菜做，而今机会真不多。
幻想不是光说说，享受眼前的生活。

理 发

2016 年 7 月 1 日

临近期末真无暇，精神疲惫乱如麻。

今日找闲来理发，地点就在小区那。

理发师傅开讲话，口出语言有点吓。

银丝上头有一沓，就在几年的变化。

白发根本质变化，先天后天相交叉。

后天不仅精神压，也有营养的缺乏。

西医认为病因杂，中医倾向三气压。

白发食疗有办法，主食可吃黑芝麻。

远离头发白花花，愉悦心情上好佳。

停车遇猫

2016 年 6 月 29 日

停车看见两小猫，迈着轻盈的小脚。

驻足望着似微笑，走近它们立即跑。

我冲它们喵喵叫，飞奔向前头不调。

我对动物也友好，从不杀生都知道。

人与动物不在表，举手投足知不少。

收到诗集

2016 年 6 月 28 日

一日微信有人邀，看见姓名不知晓。
回复一句就知道，接着添加微信号。
学生毕业有点遥，通过微信将我找。
得知我写油诗袅，顺便送我诗集赏。
接到斯琴诗文抄，闲来读首特别妙。
我写油诗非传调，捕捉生活感觉跑。
缓解生活我烦恼，提升文学素养高。

打油诗

2016 年 6 月 2 日

打油坚持两月过，写实写虚写生活。
有欢有笑都捕捉，即兴来首也不错。
人言我诗油水多，我却认为是真货。
行走人生不蹉跎，唱响生活开心果。

补　牙

2016 年 5 月 28 日

牙齿破损露神经，疼得几天无法静。

雅博诊所看医生，机器钻洞看究竟。

想起大学看牙病，杀死神经真要命。

科技进步显水平，平民生活有安宁。

课改随想

2016 年 5 月 27 日

课改当下有五味，酸甜苦辣随时给。

学生畅想个性飞，面对压力失去美。

每日起早又贪黑，步行上万校园内。

近日感觉特疲惫，各种杂事皱了眉。

毅然坚持压力背，奋斗岁月我来陪。

三只小狗

2016 年 5 月 23 日

早餐之前跑两圈,三只小狗突然蹿。

我慢脚步走一段,它们表现却散漫。

一只走路似大款,两只躺下睡觉懒。

校园野狗轻易钻,经常出没有隐患。

学子不能随意赶,谨防疯狗不安全。

人与动物互为伴,和谐相处生命欢。

路

2016 年 5 月 9 日

天上有路

飞机沿着固定航线飞行　那是航线路

火箭运送卫星至太空　那是不可更改的路

地上有路

鲁迅言道走的人多了便是路

韩红歌唱天路那是青藏铁路

身边可见有马路有水路　也有乡间小路

心中有路

你是宽阔的路　还是闭塞的路

你是以我为中心的路

还是心中有他人的阳光之路

面朝大海　　便是一条自由之路

步行上班

2016 年 5 月 7 日

天空下雨没有停,上班依然选步行。

我的嗅觉有点灵,闻到旁边卖烧饼。

包子小店老板迎,填饱肚子好心情。

坚持运动目标定,身体健康享安宁。

青　春

2016 年 5 月 4 日

青春是五颜六色　　有红色的奔放

有蓝色的永恒　　也有黄色的活力

青春是一条大河　　时而缓缓流淌

时而激流勇进　　也时而蜿蜒曲折

青春里有拼搏　　有泪水　　有欢笑

也有为梦想的执着

青春是中国戏曲　　有秦腔的粗犷

京剧的虚实结合　　也有越剧的跌宕婉转

黄梅戏的真实活泼

责　任

2016 年 4 月 27 日

大课堂上谈责任，教师引领入根本。

自己集体父母恩，学生回答如井喷。

专家点评如花粉，全员德育是分内。

践行路上始坚韧，不断学习求其真。

手　机

2016 年 4 月 26 日

手机屏幕摔粉碎，桐乡换屏特别贵。

工作事情有一堆，没有手机怎么对。

师傅技术不是吹，换完屏幕马上回。

感谢好友身边随，绵绵情谊不会褪。

运　气

2016 年 4 月 24 日

那日运气特别佳,红牛饮料中一下。

民俗认为生带来,古人五运六气话。

佛家四圣缔造法,儒家中庸之道谈。

自然万象复杂化,你的运气会在哪。

积极态度是关卡,多彩生活向你撒。

风　车

2016 年 4 月 12 日

偶遇这么多风车　五颜六色的风车

正是有了风　不停地转动

五颜六色的风车　好似七彩人生

或生命平凡平庸　或生命平凡不平庸

或生命不平凡不平庸

转动的风车　好似人生

或每一天的忙碌　或某一刻的驻足

或某一段的停留

人生如风车　生命如风车

因色彩与运动　而充满无限可能

看新闻所想

2016 年 4 月 7 日

今日新浪看新闻，瞥见春秋老子文。

言到飘风不终朝，感觉内心有一震。

每日工作压力沉，择期休闲莫要闷。

道听途说不愿闻，心灵深处别丢魂。

诗　趣

2016 年 3 月 21 日

将近不惑学写诗，闲暇赋得几行字。

美好瞬间常寻觅，激扬文字正当时。

书　趣

2016 年 3 月 19 日

隔三岔五来书店，随便翻阅看一看。

汲取营养不曾见，只因不是盘中餐。

每滴知识每粒沙，假以时日聚成塔。

人生阅读需广泛，期待坚持不拖延。

怀古阅今

　　从汨罗江畔到吴越战场，从诸子百家到四大名著，数千年的历史长河里，流淌的是数不尽的感慨和智慧；从微信红包到人工智能，从《白鹿原》到诺贝尔奖，我们看到的是世界的日新月异。赶在岁月的路上，不能不回头思考过去，也不得不昂头笑对当下。"以史为镜，可以知兴替"，怀古正是为了更好地阅今。活在今日，我们免不了遇到困难、疑惑，倘若能从历史中汲取营养，那对我们的生活而言也会有不小的帮助，我们也一定能让现在的生活更加美好。不遗忘过去，但给未来的是最美好的憧憬，能够这样生活，难道不是一种福分吗？岁月如诗，故用诗来镌刻岁月；在诗意的岁月里，给过去一份思考，对当下多一点感悟。

注：海梦为中外散文诗学会主席，《散文诗世界》杂志社社长。丁建华为上海电影译制厂有限责任公司配音演员、导演，先后在近两百部译制片中担任主要配音及导演。

国际散文诗大赛颁奖典礼

2017 年 6 月 25 日

宣传部长先致辞，海梦讲话有意思。
时装表演英神气，炜航朗诵深呼吸。
舞韵瑜伽展生机，歌曲唱家在心里。
丁建华诵亚麻迷，整场亚麻远方诗。

民房被拆

2017 年 6 月 16 日

河西民房几幢，新民北路阻挡。
几年岁月时光，价格速速飞涨。
今日拆掉民房，马路联通人往。
河道拉直宽敞，再添土地闪亮。

汨罗江伤

2017 年 5 月 30 日

生不逢时频流放，屈原自投汨罗江。
洞庭湖水眼茫茫，再逢端午添忧伤。

人机大战

2017 年 5 月 27 日

乌镇围棋人机战，柯洁连输是三盘。

整个过程有惊险，实力悬殊最终翻。

连续征战计五天，AlphaGo 完美范。

科技进步日月蹿，共创棋妙其路远。

红楼梦

2017 年 4 月 14 日

金陵十二钗妩媚，宝玉聪明为情累。

神话缘起全是悲，直言心酸谁解味。

三国演义

2017 年 4 月 13 日

曹操挟君独揽权，三顾茅庐亮出山。

孙权坐领江东磐，群雄逐鹿似云烟。

水浒传

2017 年 4 月 12 日

宋江被逼上梁山，替天行道聚好汉。

一心想着朝招安，四处征战几人还。

西游记

2017 年 4 月 11 日

悟空跟斗千万里，妖魔鬼怪化为气。

唐僧心念一路西，师徒四人斩荆棘。

七子艺术

2017 年 4 月 5 日

中国名家有七子，孔老庄孟荀墨韩。

根雕艺术徽派奇，栩栩如生站此地。

历史贡献再重提，俯仰天地也仁义。

人生实难多分歧，任重道远勿得意。

特定标语

2017 年 4 月 5 日

特定标语在白墙，曾经记忆眼前恍。
腥风血雨民受伤，历史沧桑何时忘。

红 包

2017 年 2 月 2 日

红包又称压岁钱，据传明清红绳串。
民国红纸是演变，祝福好运连连看。
六十年代五毛罕，七十年代有十元。
八十年代几团结，九十零零钱转圈。
历史沿革经变迁，QQ 微信相继现。
发多发少随意愿，抢多抢少不难堪。
活跃气氛大家欢，趣味温度叠增添。

注：几团结在陕西话中代指钱已经多了。

观《白鹿原》电影有感

2017 年 2 月 1 日

闲来点播《白鹿原》，黄土气息全剧贯。

白鹿族长白嘉轩，仁义守纪历磨难。

乡约子霖权益算，精心设计小算盘。

卑微认命是鹿三，其子黑娃怒不甘。

兆鹏地下做党员，传播思想革命干。

小娥情欲多纠缠，结局终究是悲惨。

关中风情荧屏搬，人与土地展长卷。

秦腔一吼往事淹，历史炮火响彻天。

湘湖有感

2017 年 1 月 25 日

脚踩杭州湘湖水，吴越村烟袅袅炊。

战场厮杀凯旋归，百姓疾苦该问谁。

越山怀古

2017 年 1 月 25 日

越王勾践气长虹，铁马金戈战鼓隆。

馈鱼退敌天地动，历史长河几战从。

怀古阅今

雾　霾

2017 年 1 月 9 日

网络微信都说霾，京津华北与黄淮。
重度污染坏生态，人体健康需关怀。
《人民日报》谈要害，撸起袖子还怕哉？
洁净空气如何来，根治污染源头排。

真　相

2016 年 12 月 11 日

校园霸凌在二小，网上持续来发酵。
微信求助罗一笑，吃瓜群众圈刷爆。
选边站队会刮跑，静观事态真相道。
世间凡事太喧嚣，抛弃根源是胡闹。

梓聪掉井

2016 年 11 月 8 日

梓聪白菜田地行,不慎掉落一枯井。
父亲日夜坚守盯,期盼儿子归来宁。
各种力量相呼应,志愿参与肃然敬。
民营公司爱心盈,承诺燃油不会停。
现场孩子尚无影,营救方案周密定。
寒冷饥饿艰难挺,与时赛跑愿景平。
千变万化摧生命,悲欢离合瞬阴晴。
人生在世淡功名,望穿浮云生活赢。

注:11 月 6 日上午 11 时许,河北保定蠡县赵梓聪跟着父亲在地里收白菜时,不慎掉落枯井。

诺贝尔文学奖

2016 年 10 月 13 日

鲍勃·迪伦文学拿,唱作艺术与作家。
美国歌曲传统法,创造诗歌新表达。
世界奖项有一打,自由勋章也未落。
多样风格值得夸,才华横溢快要炸。

诺贝尔经济学奖

2016 年 10 月 10 日

英芬教授大奖捧,经济研究理论撑。

两人契约为大亨,富于成果探索萌。

哈特社会契约耕,本特风险激励衡。

现代经济契约朋,理解现实陷阱疼。

市场经济主导澎,宏观调控且莫扔。

西部开发吹热风,一带一路战略整。

国家强盛经济丰,屹立世界可永恒。

诺贝尔和平奖

2016 年 10 月 7 日

哥伦比亚桑托斯,擅长政治与经济。

持久努力未放弃,推动国内和统一。

政治灵活有务实,国内赢得高人气。

和平精神非天赐,化解恩怨走人意。

诺贝尔化学奖

2016 年 10 月 5 日

化学奖项三一起，分子合成与设计。
零七新年在伊始，组装首台分子器。
分子机器能走起，化学电驱光驱力。
尺寸多为纳米级，研究具有重大意。
认识分子的机制，促进仿生新天地。
掌握此项迷你技，生活随处计算机。
中国何时核心立，此刻内心好着急。
静心科研学术气，诺贝领域创神迹。

诺贝尔物理学奖

2016 年 10 月 5 日

三位英国科学家，旅美大奖一起拿。
数学应用物理法，拓扑相变微观耍。
固液气相自然化，极端条件经典塌。
奇妙世界绘图画，探寻材料新际涯。

诺贝尔生理学或医学奖

2016 年 10 月 3 日

二〇一六医学奖，大隅良典口中囊。

细胞自噬是方向，关联细胞的凋亡。

自噬一旦有异常，导致认知有迷茫。

研发新药用临床，未来肿瘤可预防。

四灵降赐

2016 年 9 月 27 日

乌云升起天际间，塔吊工人忙碌建。

四灵降赐我慧眼，人间世事皆看穿。

送陈忠实

2016 年 4 月 29 日

惊闻陈老已西去，文学悲痛顿加剧。

六年创作巨著出，神州大地读者福。

关中平原居民住，恩怨纷争白鹿族。

工作之余拿来读，故事情节跌宕入。

人物嘉轩我佩服，小娥印象令人酥。

想说话儿有一肚，只恨表达不清楚。

黄土高原有帝住，龙山文化这里出。

要想了解中国路，还需多读经典书。

家国情怀

　　家是最小的国，国亦是千万家。《人民日报》曾发表议论论称，"家国情怀"是一个人对自己国家和人民所表现出来的深情大爱，是对国家富强、人民幸福所展现出来的理想追求。正是深深切切地拥怀着这种家国情怀，无论我足迹抵达何方，我都无法割舍"思乡"与"爱国"的情怀。

　　2001年离开土生土长的陕西富平村庄，走遍万水千山，来到江南水乡开启了从教生涯，"思乡"成了魂牵梦萦的心头诗。童年的回忆时常爬上记忆的发梢，为我吟诵一曲桑梓之歌；家乡的雪落，落满一树繁花，散发着馥郁的乡情诗意。

　　身为70后的我，见证了踏上改革开放之路的中国褪去稚嫩的面孔，迈着坚定的步伐，闯出一片欣欣向荣的天地。中国的高铁，享有"高颜值、高速度"的盛誉；中国的飞机，获美媒大力称赞，为和平做出贡献；中国的外交，奉行独立自主的和平外交政策，遵循和平共处五项原则；中国的"一带一路"，秉持"五通"和"三同"，为各国谋福利促发展！

万吨驱逐舰首舰下水

2017 年 6 月 28 日

首舰下水人民欢，海军发展战略转。

民族屈辱不复返，伟大复兴迈向前。

注:2016 年 6 月 26 日，由中国铁路总公司牵头组织研制、具有完全自主知识产权、达到世界先进水平的中国标准动车组被命名为"复兴号"。27 日上午，"复兴号"率先在京沪高铁两端的北京南站和上海虹桥站双向首发。

复兴号来了

2017 年 6 月 27 日

中国高铁复兴号，飞驰四百公里飘。

WiFi 网络连接潮，京沪两地人欢笑。

注:2017 年 6 月 24 日 5 时 45 分，四川省阿坝州茂县叠溪镇新磨村新村组富贵山山体突发高位垮塌。

新磨村新村组山体垮塌

2017 年 6 月 25 日

连日暴雨持续下，新磨村传山垮塌。

整个村庄掩埋砸，堵塞河道多人压。

中央地方关注那，现场官兵细排查。

泱泱大国美丽家，一方有难共建厦。

中国速度震惊世界

2017 年 6 月 20 日

超级计算五百强，中国占据榜前两。

神威天河神算狂，斗罢艰险续称王。

中国与巴拿马建交

2017 年 6 月 13 日

北京会谈签署文，台湾当局为之震。

"九二共识"若不珍，恐将二十步后尘。

注：二十指当时与中国未建交的国家有二十个。

粽香思娘

2017 年 5 月 30 日

千里之外飘粽香，思绪闪回想俺娘。

微信传来家月亮，低头不语慌惆怅。

中国科技雄起

2017 年 5 月 28 日

中国科技威名扬，国产战舰相继亮。

天舟蛟龙齐飞翔，创新模式发展强。

蛟龙威武

2017 年 5 月 28 日

蛟龙下潜行走运,大洋深处传喜讯。
视像物品收获群,中国科考又迎春。

三喜临门

2017 年 5 月 21 日

天舟首飞可燃冰,三喜临门中央挺。
国之重器海之星,创新科技民族兴。

天然气水合物试采成功

2017 年 5 月 18 日

南海能源蕴海底,中国试采夺第一。
可燃冰是小体积,分解释放天然气。
一百公升加一次,汽车能跑五万里。
科技人员破难题,扬我国威耀举世。

龙飞凤舞

2017 年 5 月 15 日

龙腾九州千里祥,飞云过尽江山赏。

凤穴执竞互相帮,舞动青春人轩昂。

"一带一路"开幕

2017 年 5 月 14 日

多国齐聚北京论,古老之路焕青春。

雁栖湖畔合作魂,互惠互利地球村。

注:5 月 14 日,"一带一路"国际合作高峰论坛在北京举行。

生命 Max

2017 年 5 月 12 日

窗外防空警报鸣,汶川地震记忆醒。

功名利禄身外轻,高擎安全度生平。

韩国新总统

2017 年 5 月 10 日

韩国总统更替勤,最新胜出文在寅。

萨德系统威胁邻,早日拆除利世民。

祝 C919 首飞成功

2017 年 5 月 5 日

雄鹰展翅飞蓝天,客机冲破世垄断。

遨游干线与支线,一路向前稳发展。

贺国产航母下水

2017 年 4 月 26 日

离开船坞下水咏,国产航母英姿雄。

汪洋大海任我从,舰船编队中国龙。

贺天舟一号发射成功

2017 年 4 月 20 日

神箭射舟传成功,华夏无人不激动。

天地往来数分钟,中国航天日益荣。

歼轰-7A 大象漫步

2017 年 4 月 14 日

注:歼轰战机玩起了大象漫步。

歼轰战机列队雄,大象漫步气恢宏。

满载导弹划苍穹,翱翔蓝天保领空。

思童年乐

2017 年 4 月 10 日

思

家乡

童年乐

自由自在

放羊一起嗨

割草坡上日晒

摘酸枣与友为伴

围剿兔子偶遇野狼

演示游泳差点淹死态

骑自行车无手刹下陡坡

风驰电掣瞬间狠狠摔

点滴记忆回眸时光

童趣童伴心中念

何日老家再待

看风土人情

城市变迁

往事忆

抒情

怀

江山多娇

2017 年 4 月 4 日

江山如此多娇，赢得众人微笑。

人生不停奔跑，祖国美景萦绕。

贺林郑月娥当选

2017 年 3 月 26 日

祖籍宁波强女子，家境贫寒出身低。

初涉政坛热公益，处理干练挑荆棘。

长官选举胜顺利，票数领先谁可比。

首要工作理关系，东方之珠展魔力。

苜蓿馍

2017 年 3 月 22 日

堂弟昨夜传电波，老家寄来苜蓿馍。

回家蒜泥热油泼，蘸着细品饮醉我。

陕西风味·凉皮

2017 年 3 月 4 日

好久没有吃凉皮,思念家乡的凉皮。
晚饭东兴见凉皮,秘制红油的凉皮。
赠送白饼就凉皮,一股脑儿扫凉皮。
味道不错这凉皮,有空再来吃凉皮。

注:"你再卖给我一个饼吧!"我说。老板竟然大方地说:"送你一个饼好了。"

新疆边防巡逻

2017 年 2 月 26 日

边防官兵不畏寒,战马飞驰手中牵。
踏雪巡逻守疆边,征途解渴啃雪团。
敌人只要越过线,扣动扳机出子弹。

老家下雪

2017 年 2 月 21 日

老家雪花飘满天,门前马路与后院。
微信欣赏几照片,家乡温暖热炕边。

小平您好

2017 年 2 月 20 日

全国人民去缅怀，小平精神意义在。
意识形态破障碍，对外开放格局拍。
和平发展好时代，三大思想内与外。
一国两制基调摆，和平统一何日来。

注：邓小平生卒年为 1904 年 8 月 22 日—1997 年 2 月 19 日。

文化自信

2017 年 2 月 16 日

央视节目超火爆，经典诗歌让人陶。
穿越时空永闪耀，文化自信血液泡。

老兵王琪回国

2017 年 2 月 11 日

滞留印度五十年，回国心愿今实现。
老兵家乡在乾县，儿时最欢手擀面。
咸阳机场亲友团，村内村外锣鼓喧。
亲情思乡留心间，跨越时空根不断。

中国诗词大会

2017 年 2 月 10 日

文化节目引追捧，恰似春雨祛寒冷。

润之诗词六合横，崇高境界谁与争。

沁园春雪立顶峰，独领风骚万古盛。

诗词源于生活羹，你我吟咏共传承。

首次擀面

2017 年 2 月 5 日

几周想吃陕西面，今晚首次自己擀。

根根看来似绳般，开水沸腾煮多遍。

口嚼味道有点惨，与母相差万八千。

入胃感觉胀负担，如何消化怂不管。

家乡味道让我恋，期待何时吃大碗。

东风 16 导弹亮相

2017 年 2 月 3 日

东风长剑握手中，近程中距目标虫。

祖国边疆风草动，火箭军旅气质雄。

厉害了我的国

2017 年 1 月 30 日

万里江山春日红,天南地北高铁通。

中国制造全球荣,更有家国情最浓。

大中小学教材改为"十四年抗战"

2017 年 1 月 10 日

加强爱国下文件,教材修改全学段。

开端九一八事变,终止日本投降宣。

血雨腥风十四年,中国人民经苦难。

不畏强暴将敌赶,民族精神似泰山。

国家最高科学技术奖

2017 年 1 月 9 日

科学技术奖公布,两位专家已胜出。

呦呦发现青蒿素,挽救生命世界瞩。

赵老超导科研路,三番两次创纪录。

科教兴国人才舞,勇攀高峰国家福。

注:2016 年国家最高科学技术奖获得者为赵忠贤与屠呦呦。

怀念周恩来

2017 年 1 月 8 日

九八诞生于淮安,曾用小名是大鸾。

五四运动热情参,旅欧领导推党建。

主持创建独立团,两次东征做贡献。

遵义会议拥路线,双十协定南京谈。

和平共处世人欢,任劳任怨挑重担。

十里长街人挤满,黑纱白花人民念。

高瞻远瞩力狂澜,丰功伟绩传久远。

注:周总理于 1976 年 1 月 8 日在北京逝世。

新列车运行图实施

2017 年 1 月 6 日

高铁飞速轮隆隆,朝发夕至跨时空。

祖国山水亮美瞳,更有春城迷心动。

2016 中国科学家三项大突破

2017 年 1 月 2 日

马约拉纳费米子,制造量子计算机。

液态金属要站立,添加金属才有力。

细胞再生独门技,吃药不再是唯一。

中国科学创造力,改变生活显神奇。

航母编队跨海训练

2016 年 12 月 31 日

多艘战舰相协同,飞鲨战机击长空。
训练驰骋远海泳,军事强大豺狼怂。

毛泽东诞生 123 周年

2016 年 12 月 26 日

东方神降毛泽东,救星惊醒威巨龙。
拨云见日领中共,虎豹豺狼僵尸冻。
三座大山持久轰,祖国山河映繁荣。
诞辰周年人民颂,历史功绩别样红。

冬至夜思家

2016 年 12 月 21 日

雨夜值班逢冬至,学子疾书长知识。
遥香老家煮饺子,你言我语让人迷。

澳门回归祖国十七周年

2016 年 12 月 20 日

东与香港隔海望，祖国三地有珠江。

清朝政府昏庸躺，签订条约主权丧。

久经西方风雨苍，东西融合历史壮。

小平一国两制讲，回归祖国发展强。

葡京酒店游人忙，享誉国际自由港。

互通内地作桥梁，通往全球大市场。

南京大屠杀国家公祭日

2016 年 12 月 13 日

南京全城鸣笛荡，雨落似泪挂脸庞。

皑皑白骨土中藏，哭墙新添名单上。

曾经国破山河亡，屈辱历史久忧伤。

灾难记忆脑中晃，惨死冤魂始未忘。

坚守信仰丢幻想，威武之师保国防。

和平相处都向往，以史为鉴明方向。

践行发展自主昌，警惕他人拆东墙。

抬头挺胸志气昂，美好蓝图在前方。

过口岸

2016 年 11 月 21 日

十四春秋又来港,过境口岸依旧忙。

港澳台内若无窗,来来往往秒通畅。

乌镇峰会闭幕

2016 年 11 月 19 日

世界嘉宾桐乡奔,坦诚交流在乌镇。

凝聚力量光纤诊,共享共治不留门。

神舟十一要回家啦

2016 年 11 月 18 日

遨游太空三十天,各种实验轮上演。

验证技术勇向前,中国航天快如电。

乌镇科技成果发布

2016 年 11 月 17 日

领先科技发布场,中国智慧放光芒。

人类发明齐共享,勾勒网络新模样。

乌镇峰会

2016 年 11 月 16 日

乌镇峰会宾客来，唇枪舌剑展气概。

互联互通全世界，遨游网络喜开怀。

余旭走好

2016 年 11 月 13 日

巾帼须眉飞行练，英姿飒爽魂归天。

珠海依旧有拉烟，来世为你祈求安。

纪念孙中山诞生 150 周年

2016 年 11 月 11 日

中山精神促国统，三民主义潮流涌。

久经沧桑革命红，历史记忆翠柏中。

雅俗共赏

2016 年 11 月 10 日

诗词京剧与字画，中国传统老文化。

高雅低俗本一家，真情流露何惧怕。

思 乡

2016 年 11 月 7 日

蓝天白云阳光暖,小桥楼房水波澜。
何时携带家眷还,西风助兴谝闲传。

长征五号首飞

2016 年 11 月 3 日

十年磨剑今出征,直插云霄烈焰腾。
越过云层一阵风,九天揽月不是梦。

珠海航展

2016 年 11 月 3 日

八一表演拉彩虹,胖妞低空炫机动。
黑鹰五代划苍穹,远程突袭战机轰。
军事发展欣向荣,攻防兼备夺制空。
大国利器握手中,豺狼虎豹谁敢雄?

习洪会面

2016 年 11 月 1 日

海峡对岸洪秀柱，此次率团大陆登。

北京天气寒冷扑，寒暄直言心热乎。

下午会面拨迷路，一起愉快再回顾。

中华文化内心驻，增进两岸同胞福。

一中原则不可无，坚决反对台湾独。

坚守底线不让步，分裂势力时刻阻。

国共两党史肩负，交流发展共维护。

两岸和平来相处，民族复兴不会输。

祝福郭川

2016 年 10 月 29 日

自由热爱心向往，航海精神勇担当。

舍身轻利山敬仰，融化大海人渺茫。

长征胜利 80 周年

2016 年 10 月 22 日

洪流屹立勇向前，红色精神攻克难。

四个自信藏心间，波澜壮阔谋新篇。

忆长征

2016 年 10 月 21 日

辎重如山踏征程，骡马成群行长征。

翻过雪山五连胜，跨过沼泽是相仍。

血战湘江弹雨蒙，四渡赤水纵驰骋。

巧渡金沙江上从，强渡大渡河似风。

飞夺泸定铁索冷，攻占腊子口险封。

回旋长驱十一省，历经无数战役烹。

磐石信念作支撑，枪林弹雨铸图腾。

世代传唱精神正，中国建设才昌盛。

神舟十一号发射成功

2016 年 10 月 17 日

长征二号完美升，开启航天新征程。

军委群众助出征，话别语言北京等。

山西运城景海鹏，三度实现飞天梦。

河南洛阳陈冬萌，为人谦逊又真诚。

飞船天宫太空逢，实验科普攀高峰。

中国航天已驰骋，空间站建定昌盛。

忆童年

2016 年 10 月 16 日

放羊偷瓜在夏天,晚上抓蝎与蛇见。

凌晨摇枣几天连,悄悄野外煮鸡蛋。

看瓜撞见小偷面,老爸飞追一溜烟。

阎良运瓜三趟返,经常遇见烈日炎。

每逢假日割草惯,喂羊喂牛未曾断。

疯狂追剧英雄传,凌晨田地铁锨翻。

全家房顶睡觉酣,抬头欣赏星眨眼。

最美记忆在褚原,童年趣事留心间。

清平乐·忆三人偷枣

2016 年 10 月 15 日

秋天枣果,个个红似火。快如猴子树上坐,摇动掉下多个。

不顾头上打扁,快装口袋满满。前往学校吃嗨,想吃凌晨再来。

忆长征·泸定桥

2016 年 10 月 12 日

湍流河水是天堑，大渡桥横铁索寒。

前方敌军猛阻拦，后有追兵紧逼缠。

极端条件勇直前，血肉之躯越关险。

长征精神世代传，艰辛创业不畏难。

望故乡

2016 年 10 月 8 日

寒露秋风些许凉，丝丝细雨落地上。

遥望故乡在北方，谁为我来添衣裳。

国 庆

2016 年 10 月 1 日

全国人民迎国庆，微笑洋溢显高兴。

历经六次大阅兵，承载国家民族凝。

黄金周来旅游行，红旗飘扬空中擎。

航天技术世界惊，蛟龙入海精悬停。

量子通信拒监听，高速铁路高原挺。

激光技术铸金鼎，杂交水稻大发明。

火箭军队敌凌兢，战机远海常练兵。

放眼世界这里宁，祖国人民享太平。

贺 FAST 整体完工

2016 年 9 月 25 日

天眼坐落大窝凼，惊艳世界的目光。

脉冲信号成功访，低频电波距离长。

立体天眼规划网，大望远镜打前浪。

天文技术自主创，深空探测与导航。

孔子诞辰

2016 年 9 月 28 日

今日山东曲阜市，纪念至圣孔夫子。

开创私塾讲风气，儒家学派来创始。

携带弟子处乱世，仁政理念无计施。

弟子三千是神迹，麾下七十二贤士。

得意颜回先他死，悲伤岁月追昔日。

修订六经诗书礼，建构德道成体系。

放眼大同全世界，人道精神是根基。

尊重人人有差异，耐心说教无须急。

有教无类竭全力，举一反三乐不疲。

九一八事变

2016 年 9 月 18 日

九一八事变，侵华是开端。

炮轰路轨断，次日沈阳占。

东北全沦陷，建立傀儡权。

统治十四年，尸骨遍河山。

主要指挥官，总共人有三。

学良通电宣，消极后退观。

中正指示还，正当应防范。

策略不够全，人民陷苦难。

中共及时研，号召出铁拳。

国共两党联，开创新局面。

日本野心显，世界人民反。

团结合力赶，投降协议签。

今日再来看，要以史为鉴。

破窗效应参，提防敌再钻。

贺天宫二号成功发射

2016 年 9 月 15 日

天宫二号入太空，中国航天牛气冲。

自主运行遨苍穹，交会对接再操控。

神舟飞船载人从，货运飞船燃料送。

搭载空间原子钟，导航精准指日荣。

六十年来追梦中，航天人儿智无穷。

利伟突破是英雄，志刚行走世界红。

大国科技值得懂，继续创新圆初衷。

G20 杭州峰会文艺演出

2016 年 9 月 5 日

雷峰夕照靓晚霞，峰会宾客是一家。

艺谋导演是大伽，整体立意值得夸。

依靠水面实景拉，交响音乐经典飒。

魅力中国杭州画，美轮美奂眼未眨。

G20 欢迎晚宴

2016 年 9 月 4 日

西子湖畔晚宴招，主席致辞大家瞧。

峰会架起友谊桥，回顾历史名人到。

应对分歧少争吵，彼此包容怨气消。

秋日西湖荷花闹，万里诗歌天地辽。

钱塘江水波涛摇，敢为人先勇立潮。

共举酒杯祝福好，携手经济冲号角。

贺 G20 开幕

2016 年 9 月 3 日

全省人民手拉手，共筑文明大杭州。

马云视频代言抖，西子湖畔邀你走。

杭州颜值美不够，软硬实力底蕴厚。

习总书记在等候，创活联包主题筹。

八方来宾围桌凑，共谋大事解世忧。

注：G20 杭州峰会主题为"构建创新、活力、联动、包容的世界经济"。

贺我陆军浮桥横跨长江

2016 年 8 月 30 日

实兵演习保障要，架通长江主航道。

钢铁撑起长浮桥，天堑通途见分晓。

遥想润之诗赋聊，一桥飞架南北翘。

渡江训练支援保，信息作战才能搞。

贺中国首进万米时代

2016 年 8 月 24 日

中院探索有一号，马里亚纳去科考。

原位实验海底到，万米海水天涯舀。

海斗下潜数据找，深度下潜有海角。

跨越万米国人骄，深海科考随意貌。

注：诗中提到了中科院"探索一号""原位实验号"运载器，"海斗"号潜水器，"海角"号着陆器，"天涯"号着陆器。

日本投降日

2016 年 8 月 15 日

卢沟桥上硝烟升，中国人民迫战争。

南京阴云密布腾，无辜国人尸骨冷。

纳粹德国狼眼瞪，世界人民陷火坑。

三光政策野蛮风，生化武器卑劣横。

统一战线结同盟，危难时刻力量迸。

两颗核弹日本疯，马上投降书即呈。

从此台湾祖国疼，多年抗日化为曾。

历史教训是准绳，强大国防才能胜。

和平发展科技蒸，若再入侵东风扔。

航母全甲板合拢

2016 年 8 月 6 日

欣闻甲板一合拢，工地鞭炮声音隆。

短暂两年日日攻，建设工人下苦功。

我观照片心激动，航母完工指日终。

继续克难不放松，弹射技术早日用。

他日巡逻海陆空，东海南海我威雄。

故 乡

2016 年 8 月 5 日

故乡是一朵祥云　忽远忽近
忽暗忽明　忽离忽聚

故乡是一汪大海　海纳百川
风平浪静　波澜壮阔

故乡是一缕空气　无比清新
时刻萦绕　寸步不离

故乡是一坛美酒　清澈见底
香气四溢　回味无穷

故乡是一轮太阳　给予阳光
聚集能量　孕育希望

忆唐山大地震

2016 年 7 月 28 日

四十年前大地震,二十四万埋个深。

铁路公路都已沉,唯有空中向外伸。

危难即使被人摁,升堂指挥飞机奔。

中央救援消息闻,唐山人民好兴奋。

四人帮派图谋粉,"文化革命"乌云跟。

三位伟人添新坟,十年重建泣鬼神。

习总书记看人们,纪念墙前缅怀人。

肢体残疾不是根,心灵未残生命真。

精彩人生需当珍,迈向小康恒坚韧。

注:地震后第一架飞往北京的求救飞机在没有导航台、仅靠李升堂肉眼指挥的情况下,离开跑道,冒雨起飞。

反　腐

2016 年 7 月 24 日

一剑挥去劈云开,金色阳光洒下来。

万弩齐发气势盖,荡平风浪震虎豺。

忆七七事变

2016 年 7 月 7 日

七七有事变，仿佛在昨天。

卢沟炮火现，二十九军还。

日本侵华端，中国抗战点。

土地敌人占，让我失主权。

烈士众头断，鲜血大地染。

良知国人燃，与敌来周旋。

多年抗日战，举步都为艰。

落后已经翻，小康生活满。

警惕西化乱，聚集能量攒。

列强再来钻，反制不能软。

强我国威范，和平才会盼。

人人莫等闲，大步迈向前。

"胖妞"列装

2016 年 7 月 7 日

自主研发在阎良，历经五年今列装。

改变运力大硬伤，自主发展全速航。

仪式来了许其亮，晓天主持也很棒。

国家军事要是强，东海南海谁敢闯。

尖端技术不能放，继续研发军事昌。

坚守底线好似钢，时刻准备为边疆。

党的生日

2016 年 7 月 1 日

列强宰割特粗鄙，亿万同胞受凌欺。

十月革命送秘籍，祖国大地有望希。

一大会议做保密，烟雨楼边显神秘。

民族复兴中流砥，带领人民得土地。

团结民族在一起，创造世界的奇迹。

如果中国没有你，人民何时才能喜。

祖国河山多美丽，举国欢庆迎生日。

爱党爱国相联系，紧紧围绕不分离。

国家如何世界立，主要核心是科技。

定型试飞大飞机，也有蛟龙入海底。

继续强我军实力，保家卫国要谋计。

一带一路的倡议，贡献世界值得期。

长征七号首飞

2016 年 6 月 25 日

长征七号迎首飞，国人围观发射魅。

回想航天起步累，欧美曾经将我黑。

航天人儿不自卑，压力动力肩上背。

天舟一号货物喂，空间建设提品位。

遥想登上月球美，火星探索扬国威。

星宇浩瀚宇宙内，深空探索航天给。

盐城遭遇龙卷风

2016 年 6 月 23 日

龙卷风儿一出现，盐城中北强雷电。

暴雨冰雹不间断，房屋倒塌好多间。

树木倒了一大半，人的生命怎安全。

受伤群众废墟见，大家一起将他唤。

极端困难在面前，人人相助心儿暖。

看图

蔡英文就职

2016 年 5 月 20 日

今日小英掌台湾，就职典礼大家观。

执政理念放一边，理清同属一中源。

台独势力不要煽，一个中国岂能颠。

大陆给她画红线，说不清楚就会翻。

两岸人民血脉连，风风雨雨几千年。

台湾海峡非天堑，人员往来特频繁。

中国统一不靠喊，强我实力世界看。

中国发展不自满，吾辈拼搏当自勉。

党员会议

2016 年 5 月 18 日

新时党员如何过，内容两学又一做。

主席思考高概括，中央文件出举措。

坚定信任党与国，正常活动不摆阔。

结合现实不做作，立足岗位为花朵。

观纪念碑

2016 年 4 月 22 日

上午参观纪念碑，顿时消去身疲惫。

悼念鞠躬师生给，英烈忠魂值得配。

列强再入我国内，强军赶走列强贼。

人人建设不气馁，中国梦想指日飞。

朗诵趣

2016 年 3 月 28 日

携子嘉兴观朗诵，气势磅礴震耳聋。

六首诗歌美无穷，一腔热血在心中。

公子归来像小熊，躺在后座呼噜浓。

红旗飘飘永在动，祖国大地一片红。

新闻报道

褚建利：桐高化学老师与打油诗的"七年之痒"

2016 年 5 月 24 日 《钱江晚报·今日桐乡》 作者：徐梦娇、黄薇

据说人的细胞平均七年会完成一次整体的新陈代谢。在我们的生活中，"七年之痒"似乎是一道坎，有人漫不经心地跨过去了。其实，"七年之痒"也可以指生活变得更加有意思，对生活、工作有了新的理解。

作为桐乡市高级中学的一名化学老师，褚建利的"七年之痒"在工作上体现得淋漓尽致，他越来越享受当下的状态。这七年，他几乎将自己所有的关于生活、工作的情绪、感悟融进了特殊爱好，那就是写打油诗。

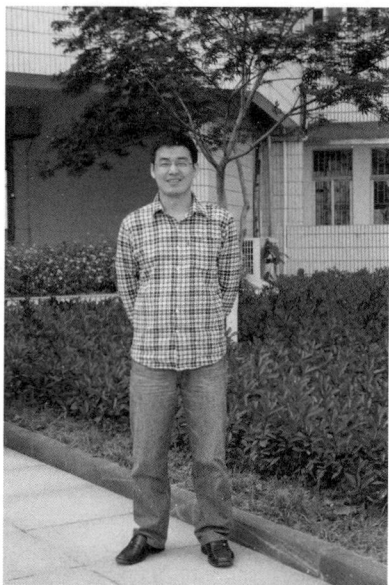

以诗的姿态，更好地理解教育

2005 年，褚建利接受了当班主任的任务。从来没有当过班主任的他，第一次认识到要管理好班级可不是件轻松的事情。他虚心当起了"学生"，学习、模仿别人的班主任经验，一板一眼地将学校的规章制度

落实到每一处细节,但这一切成效并不大。

直到 2009 年春节过后,又一次担任班主任的他开始转变自己的角色,"不仅要管理学生的日常,更要引领学生的学习"。褚建利开始建立起自己的一套教育管理模式,以全新的状态投入班主任工作中。

褚建利说,起初他每次以一句话的形式总结自己的想法,"压力、动力、努力,力求上进;真心、真学、真干,干劲十足!"这是他的第一次原创总结,浅显易懂。

"当老师压力挺大的,尤其是高中班主任,压力来自四面八方,教学上的、社会上的,当然,最主要的还是自我施压。"褚建利说,"但是压力大,还得学会合理释放啊!"慢慢地,他发现自己从一句话概括、对联抒发、打油诗的写作过程中找到了乐趣。

以诗的内容,更好地互相鼓励

古人总以"诗书"相赠。褚建利在和学生的交流中,也延续了这一风雅、轻松的方式。有一次,褚建利和一个名叫徐思学的学生谈话,在交流过程中,他发现这个学生对学习状态不满意,对自己的未来规划也不够有信心。为了激发、鼓励徐思学的学习热情,褚建利专门写下了这首藏头诗《赠 203 班徐思学》:

> 徐要向往大目标,思考如何做得到。
>
> 学习规范促提高,一天任务拒绝糙。
>
> 定下计划要趁早,能败能胜心态好。
>
> 成才路上绝无巧,功夫到家名校挑。

褚建利说,和学生在一起,和他们谈谈心,自己能多了解他们一些,每次写一些小诗,既是鼓励学生,也让他自己学会了倾听和思考这些孩子的想法。

学生们很高兴有这样一个爱写打油诗的班主任,似乎"打油诗"这个标签一下子为这位班主任的幽默感加分不少,学生们也在学习的闲暇之余,偶尔写写"打油诗"。2014年元宵节时,时任班长的王怡丽(现就读于复旦大学)在黑板上写了一首原创《元宵赠言》,送给班中所有同学:

> 二班好儿郎,读书不嫌忙。
>
> 宫灯映归路,不贪温软床。
>
> 浅春踏征途,自招展锋芒。
>
> 一朝才华露,个个意激昂。
>
> 寒意虽难掩,莫等老春光。
>
> 有时应惜取,不悔年少狂。
>
> 奋战百余日,仍可挽狂澜。
>
> 六月春尽时,天命我主场!

王怡丽用这首诗向大家表达了节日祝福,也抒发了高三学生对高考的期待,并鼓励大家一起向新生活进军。

2014年,褚建利带的高三(2)班学生要毕业了,他写了首藏头诗送给全体学生:

> 我们相聚在二班,一路走来无尽欢。

习惯良好品格端，勤于思考使劲赶。

焕发精神沉着战，高考捷报指日传。

美好生活在呼唤，求学之路莫懒散。

各奔东西不畏难，梦想生活定美满。

人生责任勇承担，携手共建好河山。

（注释："我、习、焕、美、各、人"代表"我喜欢每个人"。）

这首藏头诗表达了褚建利对学生学习生活的要求、高考的美好祝愿和未来生活的期许。

"这些学生都知道我经常写打油诗，平日里也总是把我和他们说的话写进诗里，他们也习惯了我写诗这一表达方式。"褚建利略带得意地说。

以诗的方式，更好地解读生活

一首许巍的《生活不止眼前的苟且》，让"生活不只是苟且，还有诗和远方"这句话变成了大家耳熟能详的流行语。或许，这句话用在褚建利的生活中，再恰当不过。

"人的追求在于生命的延续。"褚建利笑着说，这是他于 2008 年原创的座右铭。在他看来，"生命延续"不光是繁衍，更是一种思想的传承，要强化自己的正能量，而不是一味地传递给别人，就像写诗，是写给自己的，写给学习的，更是写给生活的。

褚建利有一个八岁的儿子，儿子喜欢下围棋、看书。这个八岁的小男孩曾经对自己的父亲说："爸爸，你是中国普通家庭中最伟大的诗人。"褚建利听到这句话时，感动于儿子能理解、接纳父亲这一特殊的爱好。父子情深也无时无刻不被褚建利记录在一首首打油诗中。但凡以"趣"为题目的打油诗，大多记录了他平时和孩子之间的互动，哪怕是一起吃早餐、去书店、看球赛等小事，都在打油诗里体现得淋漓尽致，例如这首《浪趣》：

> 与子相约浪濮院，步行前往不算短。
> 沿途春意有点炫，疾风促儿发型乱。
> 三童兴奋到处窜，笑声身边时时传。
> 兄弟饭菜心儿暖，恰似春风涌心泉。

写诗对于褚建利来说，并不是附庸风雅，而是将自己的所思所想实实在在地装进了字里行间，"我的打油诗其实并不'油'，里头的内容都是生活、工作中的小事"。也许，正是有生活的基底，褚建利写的打油诗读起来除了趣味之外，还能感受到浓浓的生活气息。

做班主任是门艺术，需要修炼

2017 年 3 月 30 日　《钱江晚报·今日桐乡》　作者：朱方红

3 月 29 日上午，记者见到"网红"老师褚建利时，他正跟学生一起晨跑。这样的场景，从褚建利当班主任起就保持着常态，谈及做班主任的心得，他说："做班主任是门艺术。"

褚建利是桐乡市高级中学的一名化学老师，喜欢写打油诗，每天至少一首，做老师十六载，在桐乡教育圈里名气已响当当。

最近，褚建利在朋友圈发了一首打油诗《浙江日报行》，讲的是"浙江班主任"的事。

"浙江班主任"是由杭州的杨春林、三门的祁进国和桐乡的褚建利三位老师，于 2013 年 8 月 15 日共同创建的属于浙江人的班主任 QQ 群，是一个网络研修平台。

说起如何做班主任，褚建利侃侃而谈。2005 年，褚建利"临危受命"担任班主任，从"瞎子过河——摸不着边"到琢磨各种方式方法，再到有自己的个性……"一路坎坷，也走了不少弯路"。

"高中生学习压力很大，特别是到高三的最后阶段，他们很敏感，情绪一点就爆。"褚建利几乎每天会遇到不同的事：学生有时为一点小事，一言不合便激动起来。"做班主任需要修炼。"褚建利说，管理这些孩子，更多时候要关注他们的心理，在各种"隐患"或"火苗"未出现前，要及时进行干预和引导，这样问题解决起来也事半功倍，而不是做"消防员"，若是哪里有火救哪里，这班主任工作就难了。

褚建利告诉记者："有个男生行为习惯一般，批评他也没用，昨天我找他谈话时调整了策略，说他最近学习状态特别好，别人的意见也会听，表现不错。"那个男生听完，眼睛亮了一下，主动与他握了个手，说明男生这次很认同老师的话。

"那天我回去的路上，想到这事热泪盈眶，关键时候拉孩子一把，就是做班主任的智慧了。"褚建利坦言，这也是他为何参与创建"浙江班主任"的原因，自己不仅是参与者，也是学习者。

在"浙江班主任"群里，一群志同道合的班主任参与各种话题讨论。成立三年多时间，成员覆盖浙江省各市，开展主题研讨 30 多次，还有各种在线讲座轮番上演，探讨教育问题，碰撞教育智慧。

为了让教育智慧惠及更多的人，褚建利和小伙伴们还创建了"浙江班主任"网站与微信公众号。"有时候我也会做些线下的公益讲座。"褚建利在教书育人的道路上越走越坚定。

褚建利：一位爱写打油诗的暖心班主任

2017年4月26日　《浙江教育报》　作者：朱丹

"挥毫疾笔书梦想，浓郁墨香溢胸膛。天降大任弘思量，高三学子遨飞翔。"近日，桐乡市高级中学化学教师褚建利写下了一首题为《天降大任》的打油诗，为即将参加新高考的学生加油打气。

在桐乡市高级中学，褚建利是一名"网红教师"，他喜欢写打油诗，每天至少一首。2007年至今，他已经写下了约1200首打油诗，将自己对教育、对生活的感悟都融入这项特殊的爱好里，写打油诗成为他十余年班主任工作中不可分割的一部分。

2005年，从未当过班主任的褚建利初次担任班级管理工作，真正操作起来他才意识到，管理班级并不是一件轻松事。为此，他虚心当起了"学生"，认真借鉴同事们的班主任经验，一板一眼地将学校的规章制度落实到每一个细节上。"但似乎成效并不大。"慢慢地，他开始摸索一套属于自己的教育管理模式，"不仅要管理学生的日常，更要引领学生的学习与成长。"于是，第一首浅显易懂的打油诗应运而生："压力、动力、努力，力求上进；真心、真学、真干，干劲十足！"而褚建利在创作打油诗的过程中找到了越来越多的乐趣。

平日里，褚建利总是会把他和学生之间的对话写进诗里，而学生们在闲暇之余偶尔也会回赠几首打油诗。对学生而言，他们很高兴有这样一位爱写打油诗的班主任。"'打油诗'这个标签似乎让我增加了不少幽默感。相比枯燥的说教，学生也更乐意接受这样的教育方式。"他告诉记者，他把曾经写过的所有打油诗都保存在电脑里并做了分类，其中有一个文件夹就是"我与可爱的学生"，这些诗记录了他这些年班主任工作的点点滴滴。

"高中生学习压力大，尤其是到了高三阶段。他们变得十分敏感，情绪一点就爆。"褚建利说，一些学生一言不合便激动起来。"作为班主任，要关注班上每一个学生的心理状态，在各种隐患或火苗未出现前进行及时干预和引导，这样问题解决起来也事半功倍。"在他看来，育人是无形的，正如他十年如一日写打油诗，是一个细水长流的过程。

前不久，褚建利把班里性格较为自卑、行为习惯一般的小勇叫进了办公室。一直以来，他都在默默地关注着这个男生，但苦于没有找到合适的机会打开小勇的心门。这一次，他一改以往的批评策略，当众表扬小勇："最近，你学习状态特别好，也乐于听取他人的意见，表现真不错。"听罢，小勇眼睛一亮，激动地抓住了褚建利的手说："褚老师，我觉得你是学校里最关心我的人。以后请您多提醒我……"当下，褚建利的眼眶湿润了，欣慰地拥抱了小勇。

"我想，这就是教育最柔软的地方。"在褚建利的班主任生涯中，有无数这样的时刻：面对自修课总是做与学习无关的事、课堂上经常随便插话的小奇，褚建利耐心地沟通了整整两年，帮助他走出"叛逆期"；对于学习动力不足、考前容易焦虑的小言，褚建利不仅陪着他跑操减压，还带他回自己家吃饭舒缓情绪……

无论是对待学生，还是写打油诗，褚建利都坚信"无用之用乃为大用"。现在，他仍然每天写打油诗并念给班上的学生听，也经常写藏头诗赠予学生,一些学生甚至还把他写的诗裱起来,每天以此鼓励自己。"教育中无形的东西最终都能有形地体现在学生身上。"他认为,班主任应该以心育人,坚持让每个学生都获得成长。

跋

　　《师情诗意》摘自作者2016—2017年的QQ空间与朋友圈，由我们三人耐心整理、认真商讨、仔细编撰而成，作者写诗的心路历程即可见微知著。

　　刚入大桐高的那年，褚老师接手了我们班的化学，在黑板上写下三个名字——褚建利、坡上娃子、Mark。他为我们细细道来他的丰富经历，这三个名字全方位地展示了一位崎嵚历落的化学老师的形象，他在倒背如流的"氢锂钠钾铷铯钫"中一展自信的教学作风，在每一抹亲切的笑容中传递对我们每个新生的期望，在一首首或长或短的打油诗中表露对繁忙生活的热情与喜爱。我欣赏到的第一首诗歌，是毕业之际褚老师写给可爱的高三党的一首藏头诗，从那时起，褚老师在我们心中就化为细腻多情的形象大使。谁言老师死板教条？谁道工作压力无处释放？坡上娃子就是老师中的杰出代表。在他眼里，残云蒙雨是闲适自在的象征，授课发言是教学相长的良机。也正是褚老师那种善于捕捉美景的敏感度，那股乐于超越前人的动力，让他自创了上千首热情洋溢的诗歌，也翻开了个人发展的新篇章。愿老褚能守望初心，向着心中的圣光砥砺前行，也终有一日能成为为人称道的师中诗人！

张丹华

初入桐高，听闻有一位擅写打油诗的奇男子，且是位化学老师。诧异的同时不免又有所质疑，一位工科男，本科也与文学无关，岂能坚持一年多日日写诗？且诗篇或倜傥恣肆，或清丽柔婉，或平白如话，这实在令人惊异。在后来的三年接触中，我明白了，或许这与老褚的品性有关。老褚一直保持着一颗积极向上、开拓进取的心，既辛勤耕耘，又不忘兢兢业业工作、心心念念家人，并将这种情感通过写诗来表达。平日里的琐事往往令人麻痹；而写诗恰恰令人清醒，令人暂时摆脱俗世凡尘，这或许也是老褚坚持不懈的原因。当然了，或许更是兴趣使然，写诗的乐趣不断推动着老褚前行，这在前文中也有所体现。老褚笔名坡上娃子，坡上，一个举目四望没有边际的地方，一个可以追求自由的地方，而娃子，则留住了一颗童真之心。在世俗的风雨中依然能不忘初心、继续前进，这既是老褚的美好愿景，也是老褚个人性格的体现吧！

张雨成

有幸能在年级部成为褚老师的"小帮手"，成为这个年级中和褚老师最熟的学生，这也算缘分吧。每天帮忙跑腿的同时，也能欣赏褚老师最新的诗作。帮褚老师出版这本诗集，也是高考前就说好的，最终如约而成，这便更是缘分了。记得褚老师最常说的话，就是"人要有梦想"。有梦想的人，在前行的路上也是充满激情的，不管是教书育人还是写诗。我印象里的褚老师一直如此。曾听褚老师说打算坚持写诗三十年,这算是一个大梦想了。写一首诗容易,坚持写一年就不容易,何况是三十年。如今这第一步在我们的见证下走完了,将来的每一步也一定会在一届又一届同学的陪伴下走完。希望褚老师梦想成真,桃李满园!

陈嘉阳

后　记

曾经很多人问我,为什么要写打油诗? 为什么坚持这么久? 这个要先从自己的心路历程谈起。

2001 年 6 月,我毕业于陕西师范大学,带着初出茅庐的青涩,带着追求教育的理想,来到江南水乡,到桐乡市高级中学任教。第一年教一个班,并在学生处干点杂事,第二年开始带化学竞赛,第三年开始了班主任工作。在工作中,我喜欢给学生制定一些班级规范等,并将这些规范总结成简单的几个字,写在黑板上,如"压力、动力、努力,力求上进;真心、真学、真干,干劲十足!"这就是打油诗的源头吧。2008 年,当我再当班主任的时候,我开始在班会课中写上几句打油诗,学生喜欢听,我也就喜欢写。2011 年,我担任实验班的班主任时,班级的标语经常换,有些出自学生思考,有些是我原创的,在班会课上,我经常将写的无题打油诗读给学生听。

2011 年 8 月 31 日,在开学初的始业教育上,我写给学生一首打油诗:

> 团结互助最重要,善待他人记心间。
>
> 学习要靠我自觉,安静二字最核心。
>
> 成绩并非靠天生,坚持能使梦实现。

初期的打油诗,偶尔心血来潮写上一首,而且都是无题诗,如此断断续续,水平也没有什么提高,但至少也没有荒废,如此度过了九个春秋。

时间一晃到了 2014 年 9 月,这一年,我开始担任高一年级部主任,同是这一年,浙江省推行新课改,面对新问题,感觉压力十分巨大,有时候为了思考一个问题,经常到深夜,等问题考虑得差不多了也不能马上入睡,我就用手机浏览体育新闻与军事新闻,后来觉得这样真是太浪费时间了,还不如做些事情,于是我决定每天写一首打油诗。有了以前的基础,写起来并不困难,但每天坚持写,总觉得没有什么方向,没有什么素材,但无论如何坚持了一天一首的产量。后来慢慢地,我开始关注生活的一些细节,关注每天发生的事情,包括校园风光、与生对话、各种会议等,几个月以后,我发现写起来的速度特别快,有时候遇到灵感,几分钟就可完成一首。

其实,坚持每天写作的路并不平坦,但有几件事情促使我坚持了下来。每当我在学校的名师指导中心值班,总有高三的两位男生来问化学题目,如此坚持了几个月,2015 年 6 月 4 日晚上 6:03,他们两人又来问题目,在解答完毕后,我送他们一首打油诗:

赠 307 班陈培杰、陆泽韬

陈陆二人不小瞧,坚持学习不动摇。

一起陪着与我聊,认真努力不要骄。

交流顺畅如雨泽,他日杰出如波韬。

高考战场真可觑,期待捷报冲云霄。

就是这一首隐藏了他们两个名字的打油诗,让我与他们结下深厚的师生情谊。

2016 年 5 月 19 日晚上,我在办公室,徐思学遇到了学习上的困惑,来我办公室交流后,我送给她一首打油诗:

赠 203 班徐思学

徐要向往大目标,思考如何做得到。

学习规范促提高,一天任务拒绝糙。

定下计划要趁早,能败能胜心态好。

成才路上绝无巧,功夫到家名校挑。

后来发生的一件事情,更坚定了我继续写打油诗的信念。曾经有一次我前往超市购物,遇见了一位学生家长,一见面就握着我的手,微笑地说:"褚老师,你送给我儿子的打油诗,对他起到了很大的鼓舞作用,我儿子把它装裱起来,放在了自己的房间。"我与她简单说了几句就离开了,但这件事情还是出乎我的意料,想不到我的一首打油诗,竟然有这么大的作用。

我从事的是育人工作,很多时候,需要关注细节,正所谓润物细无声,我们的一句话,一个眼神,都可能成为鼓舞学生的举动。我愿坚持打油诗之路,分享自己的心情,感知大自然的美,乃至追慕生活的美好。

借本书出版之机,感谢香港中文大学(深圳)校长、中国工程院院士徐扬生先生为本书题写书名;感谢桐乡市推十艸堂李芥奆先生为本书提供插图;感谢杭州师范大学图书馆前馆长赵志毅为本书作序;感谢陈嘉阳、张丹华、张雨成为本书做了大量工作；感谢嘉兴市南湖区文体局副局长俞华良对本书提出修改意见；感谢家人对我的支持，特别是儿子的一句话"做普通人家最牛的诗人"始终鼓舞着我；感谢"浙江班主任"网络创始人之二杨春林、祁进国对本书的大力支持；感谢所有关注这本书出版的亲人、朋友、同事们。

褚建利

2017 年 7 月于桐乡